新潮文庫

猫と針

恩田陸著

目次

猫と針

『猫と針』口上

私たちは新宿で飲んでいた。少人数の密室劇で心理サスペンスものをやりたい、と岡田氏が言った。酒で気が大きくなっていた私は、いいねえ、面白いミステリ劇観《み》たいねえ、と勢いよく相槌《あいづち》を打った。じゃあオリジナルで書き下ろしお願いしますね、と頼まれた。フリーの職業人というものは、とりあえず「できない」とは言わないものなので、私はニコニコと微笑《ほほえ》んでいた。そして、いつのまにか少人数のサスペンス劇を書くことになっていた。

しばらくして、私たちは新宿で飲んでいた。「劇場押さえましたヨ。そろそろ準備をしないと」とプロデューサーの仲村氏が言った。とりあえずタイトルが必要だ。例によって酒で気が大きくなっていた私は「うんうん、タイトルを決めよう」と頷《うなず》き、「この中で気に入ったタイトルある?」と、記憶の引き出しにある幾つかのタイトルを挙げた。その中で、即座に岡田氏が「これ!」と言ったのが『猫と針』だった。だからタイトルは『猫と針』に決まった。仲村氏が「どんな話ですか?」と聞いた。私が酒を舐《な》めるふりをしてごまかしていると、岡田氏が映画『レザボア・ドッグス』の冒頭シーンいいですねえ、と言った。黒い服を着た男たちがテーブルを囲んでうだうだ四方山《よもやま》話をしている場面だ。私も、あのいきなり始まるタランティーノのオープニングには痺《しび》れた。だから、「ああ、あれ、カッコいいよねえ」と相槌《あいづち》を打った。だから、喪服を着た男女五人が葬式帰りに話し合っている、という設定になった。

かつてボリス・ヴィアンという人がいて、『北京《ペキン》の秋』という本を書いた。人に「なぜ『北京の秋』というタイトルなのか」と聞かれ、「北京にも秋にも関係がない。だから『北京の秋』だ」と答えたそうである。『猫と針』は、猫は若干関係があると思うけれど、針が関係あるのかどうかはまだ分からない。だが、コンセプトだけははっきりしている。人は、その場にいない人の話をする、ということだ。『猫と針』は、喪服を着た男女が、その場にいない人の話をするという話である。

（二〇〇七年『猫と針』公演チラシより）

戸惑いと驚きと

いきなりポスターとチラシが出来上がってきた時には不思議な心地がした。まだ小説を書いていないのに、本のカバーだけ先に仕上がっているようなものだからだ。おまけにチケット見本まであって、まだ存在していない原稿を買っていただくという初めての体験におののいた。怖い。これは怖い。脚本家、恐ろしい商売である。

子供の頃から、他人に悩みを相談したという記憶がほとんどない。何かをする時、誰かに聞いてもらうという選択肢が頭に浮かばないのだ。そんな私に小説家という商売は合っていた。テーマも自分で決めるし、決定稿になるまで人には見せない。

ところが、お芝居は違うのだ。お話を書くのは同じでも、キャストの設定や舞台の設定をするところからして、お話が存在する前から既に共同作業なのである。このことには、今もまだ戸惑っている。

正直言うと、台詞《せりふ》とト書きだけなんだから、戯曲を書くのにはそんなに時間がかからないだろうと思っていた。小説の原稿でも、一日に五十枚というのはしょっちゅうだったし、台詞を書くのは好きだったからだ。ところが、それは大きな間違いだった。

違う。違うわ。台詞の重みが、存在感が、全然違うっ。

別に小説を書く時に台詞を軽視しているわけではない。しかし、小説の台詞はあくまでも小説世界の一部であって、誰かが目の前に立って、動いて、話す台詞とは根本的に異なる。しかも、何が自然なのかが分からない。自然な台詞って、何？　リアルな台詞って、何よ？　自分の書いた台詞を声に出して繰り返し読んでみるのだが、だんだん混乱して被害妄想に陥っていった。私、朗読下手だし。

で、朗読が上手な上に演技までしてしまう役者という商売にも興味があったが、いまだに彼らの脳みその造りはよく理解できない。一緒に飲んでいた時、岡田氏が、ぎっちり酒と料理の並んだメニューを指さして、「これが台本だと言われたら、だいたい二十分くらいで丸ごと覚えられる」と言った時、「まさかあ」と思った。自分の台詞を覚えてもらっても、実はまだ半信半疑である。どうしてあんなことができるのだろう。あんなことができなければ、芝居そのものが成り立たないのだが、やっぱり不思議である。

ところで、針についてはまだ考え続けている。猫と針。猫は猫だけど、針ってなんなんだろう。答えはまだ出ていない。

（二〇〇七年『猫と針』公演パンフレットより）

猫と針

登場人物

サトウ　ケンジ
タナカ　ユキオ
ヤマダ　マサヒコ
スズキ　カナコ
タカハシ　ユウコ

三十代後半、ほぼ同年代に見える喪服を着た男女五人。
舞台には、五つの椅子《いす》が無造作に置いてある。

第一場

真っ暗な舞台、パッと明かりがつくと、サトウとタナカ、スズキとタカハシが座っている。ひとつだけ席は空っぽでいきなり

サトウ：だからさ、お香典に名前書く時、どうすると思う？
タナカ：どうすんの？
サトウ：名字だけ平仮名で書くんだとさ。
タナカ：ああ、なるほど。
サトウ：そういうふうにするって先祖代々決まってるんだって。
タナカ：へえー。書き分けるんだ。面白いねえ。
スズキ：（男二人のほうを振り向いて）何が？
タナカ：こいつの知り合いに、イワイさんて人がいるんだって。「祝・ご結婚」の「祝」って書いてイワイさんて読むんだってさ。

スズキ：珍しい名前だねえ。どこの人？
タナカ：（サトウに向かって）どこの人？
サトウ：さあ、そこまでは知らん。南のほうだったような。
タナカ：その人が、不祝儀《ぶしゅうぎ》の時どうするかって話。お香典に名前書く時「祝」っていうのはマズイじゃん？
スズキ：どうするの？
サトウ：名字を平仮名で書く。音だけだったらそんなに珍しい名前じゃないもんね。
スズキ：なるほどねえ。世の中には、珍しい名前の人がいるもんよねえ。
タナカ：前から思ってたんだけど、ＮＨＫのアナウンサーって珍しい名前の人多くないか？
サトウ：そうかあ？
スズキ：あ、あたしも思ってた。アナウンサーはともかく、記者とか、特派員とか、現地の映像で名前が下に出るんだけど読めないの。すっごい気になるんだよね、この人の名前、いったいなんて読むんだろうって。

タナカ：うん、大抵スタジオにいるアナウンサーが、リポートが終わる時に記者の名前言うから、それを聞き逃さないようにして。
スズキ：「ワシントンから誰々記者でした」。
タナカ：そうそう。
スズキ：「へえーっ、そう読むのか！」って、リポートは全然聞いてない。やっぱ、名字が凄《すご》いと人生違うような気がするよね。武者小路《むしゃのこうじ》とか綾小《あやのこう》路《じ》とか、エーベルバッハとかヴィトゲンシュタインとか。
タナカ：どこの人だよ。
スズキ：そういや、あたしたちの名字って、ほとんど日本人の平均みたいな名前だね。今いるメンツで日本人の半分くらいカバーしてるような気がする。
サトウ：武者小路実篤《さねあつ》って本名なのかなあ。
スズキ：本名なんじゃないの？　ペンネーム？
タカハシ：でもねえ、名字は仕方ないけど、今の子供の暴走族の落書きみたいな名前はちょっとどうかと。
スズキ：ああ、一音一字対応で、やたらと画数が多いやつね。馬鹿《ばか》だね、画数が多いと子供が将来テストで名前書く時に親を恨むってことに気付いてない。

タナカ：(辺りを見回して) ヤマダ、どうしたんだろう。

サトウ：遅いね。

スズキ：ヤマダ君、何してるの？

サトウ：さあ。ちょっと寄ってくるところがあるって言ってたけど。

スズキ：ヤマダ君、痩《や》せたよね。というか、やつれた？

タカハシ：(気まずそうに) あたしもそう思った。でも、本人に聞けないし。

スズキ：サトウ君は、ヤマダ君に会ってたんじゃないの？

サトウ：全然会ってないよ。

スズキ：仲よかったじゃん。

サトウ：(肩をすくめる)

タナカ：キクチの話、聞いた？

タカハシ
スズキ｝(左右に首を振って) ううん。

タナカ：結婚したらしい。
スズキ：結婚て――こないだもしてなかったっけ。
タカハシ：こないだ再婚したって聞いたような気がする。
タナカ：だから、また別れて、また再婚したんだって。
スズキ：（あきれて）また再婚って、いったい何回目？
タナカ：たぶん四回目か五回目。
タカハシ：ガッツあるわねえ。
スズキ：というよりも学習能力がないのでは。
タカハシ：地味な人って印象だったけど、分からないものね。
タナカ：あいつんち、金あるからなあ。実家、知ってる？　大地主だぜ。一回だけ行ったことあるけど、馬鹿でかくて映画のセットみたいなの。庭なんか、修学旅行でぞろぞろ見学するような日本庭園で、池に錦鯉《にしきごい》がうじゃうじゃいた。
スズキ：でも、慰謝料だって大変でしょうに。子供の養育費とか。
タナカ：子供はいないらしいよ。

スズキ：道理で。だから何度も再婚できるんだ。
サトウ：親戚《しんせき》とか友人とか、大変だなあ。毎回ご祝儀払ってんのかなあ。
スズキ：そのくらいになると、式なんかやらないんじゃないの？
タカハシ：（唐突に）ねえ。
スズキ：なあに？
タカハシ：（言いにくそうに）ねえ、あれ、ほんとなの？
スズキ：あれって、何が？
タカハシ：ヤマダ君、別れたんだって？
スズキ：え、そうなの？　いつ？

突然、ごとん、という音がして皆びくっとする。
舞台袖《そで》からツーッと白いゴルフボールがひとつ、転がってくる。
四人、無言でそのボールを目で追う。
タナカが足でそれを止め、拾い上げる。
ゴルフボールの転がってきたほうからヤマダ登場。手にコンビニの白い袋。

酒の瓶が覗《のぞ》いている。髪がボサボサで、やや取り乱している様子。

タナカ：おまえ、ゴルフやるんだっけ？

ヤマダ：（みんなに）すまん、ハンカチ出そうとしたら、ポケットから飛び出しちゃって。（タナカに向かって）いや、俺はゴルフやらない。

サトウ：遅かったな。もう現れないんじゃないかと心配しちゃった。

ヤマダ：（舞台袖のほうを振り返り一瞬絶句する）——ねこが。

スズキ：え？

サトウ：猫がどうしたって？

タカハシ：えっ、猫？　どこにいるの。

ヤマダ：（やや遅れて）いや、なんでもない。すまんすまん、遅くなって。

タナカ：なんでこんなもの持ってんの。

タナカ、ヤマダにゴルフボールを投げる。ヤマダ、慌《あわ》てて受け取る。

ヤマダ：（手の中のゴルフボールを見下ろし）ちょっと事故って、腕を痛めたことがあったんだ。しばらく力入らなくて、医者から、リハビリにこれをいつも握ってるといいよって。
スズキ：うちの弟、テニスの選手だったけど、握力強化に胡桃《くるみ》握ってたよ。
ヤマダ：（ゴルフボールを上着のポケットに入れる）腕はもう治ったんだけど、それ以来握ってるのが癖になって、ずっと持ち歩いてるんだ。
サトウ：俺も、海外行く時は持ってくぞ、ゴルフボール。エコノミークラス症候群防止に、足の裏でごろごろ踏むんだ。背中ツボ押ししたり、洗面所で洗濯する時、流しの栓にしたり、結構使える。
タカハシ：あ、それ、面白い。
スズキ：ヤマダ君、髪の毛すごいよ。
ヤマダ：（頭を手で梳《と》かしながら）むちゃくちゃ風強くて、目も開けてらんないよ。
サトウ：さっきよりも？
ヤマダ：うん、ますます強くなった。

タナカ：葬式で風強いって最悪だよな。
サトウ：葬式って、なんでだか知らないけど、いつも天気悪いよな。
タナカ：そうか？
タカハシ：お寺って吹きさらしだから、ダイレクトにお天気の影響受けるのよ。
サトウ：俺なんか、来る時道が渋滞してて、間に合わないいんじゃないかと思った。
スズキ：そんなに渋滞してた？
サトウ：強風でレインボーブリッジ通行止めになってて、車が一斉に流れてきたんだ。
タカハシ：へえ、レインボーブリッジって風で通行止めになるの？
タナカ：橋って、風強いと危ないいんだよ。車とか電車って、下から吹き上げてくる風に弱いんだ。結構簡単に引っくりかえっちゃうらしいぜ。
タカハシ：ふうん。
ヤマダ：どうする？　飲むか？　（ビニール袋を上げてみせる）一応、赤ワインと焼酎《しょうちゅう》買ってきたけど。
タナカ：ああ、すまん。いくらだった？

ヤマダ：あ、清算、あとでいいよ。どうせ一回じゃ済まないだろうから。
サトウ：だな。
スズキ：（タカハシを見て）じゃ、あたしたち準備してくる。
タカハシ：（頷《うなず》く）うん。
（どこへ行くか迷っているスズキに）カナコ。
スズキとタカハシ、連れだって退場。
男三人、一瞬手持ち無沙汰《ぶさた》。タナカ、立ちあがってぶらぶらする。
タナカ：俺、煙草《たばこ》買ってくるわ。
ヤマダ：気をつけろよ、本当に風強いぞ。
タナカ：ん。
タナカ、出ていく。男二人、手持ち無沙汰。

サトウ：（ぼそっと）タカハシ、知ってたぞ、おまえのこと。
ヤマダ：え？
サトウ：でも、変だな。別れたって言ってた。
ヤマダ：俺が？
サトウ：うん。どこからそんなふうに伝わったんだろう。
ヤマダ：不思議だな。俺、誰にも何も言ってないぞ。
サトウ：こういうのって、どこからともなく流れてくるから凄《すご》いよな。
ヤマダ：あいつ、昔っからぽーっとしてるようで、妙なところ勘が鋭かったからなあ。
サトウ：おまえのことだからだろ。
ヤマダ：（無視して）キクチ、再婚したんだって。三度目。
サトウ：三度目？　四回目か五回目って聞いたけど？
ヤマダ：俺は三度目って聞いたけどなあ。うち、お袋のきょうだいがキクチの親とつきあいあるから。
サトウ：だったら、きっとそっちのほうが正しいな。

ヤマダ：キクチのお袋さん、強烈なんだよ。この歳《とし》になってもあいつ全然逆らえないみたいで。ここだけの話、気の毒なんだけど、お袋さん、子供ができないのは自分の息子のほうに原因があると認めたがらないらしい。

サトウ：ああ、なるほど、そういう話だったのか。

ヤマダ：うん。キクチ本人は薄々気付いてるんだけど、お袋さんが嫁のせいだの一点張り。一方的に離縁された最初のお嫁さん、結構いいとこのお嬢さんだったらしいんだけど、両親が激怒して、娘がその後再婚して、できた子供の写真を載せた年賀状を毎年キクチの実家に送りつけてるらしいぜ。

サトウ：こえーっ。でも、それって、キクチがあまりにもかわいそうじゃないか。

ヤマダ：そうなんだよ。再婚すればするほど、キクチのほうに原因があると証明されていくわけだから。まずいことに、あいつんち金持ちだから、いくらでも再婚の話があるんだよね。

サトウ：大丈夫かな。キクチって、おとなしいけど、キレる時はキレるぜ。

ヤマダ：(気まずそうに) うん、知ってる。

サトウ：覚えてるだろ、タカギんちの犬。

ヤマダ：うん。

サトウ：タカギもほんとに粘着質というか、しつこいからな。あんなにしつこくキクチのこといびんなくてもよかったのに。

ヤマダ：門に吊《つ》るされてたんだろ？

サトウ：うん。結局誰がやったか分からなかったけどね。

ヤマダ：そういうことになってたけど、みんな同じ顔を思い浮かべてたよな。

二人、沈黙。

ヤマダ：（雰囲気を変えて）タナカも偉くなったよなー。あいつ、会うたびに出世してない？　役員になったんだろ？

サトウ：外資は、役員になる年齢若いからな。

ヤマダ：ずうっと今の会社にいるってことはないんだろうな。ああいう世界は転職して当たり前、らしいから。

サトウ：あそこ、最近金融庁に摘発されてた。
ヤマダ：そうだっけ？
サトウ：うん。あそこの金融グループ、世界中で訴えられてるんだよ。客にババつかませて、自分は売り逃げするトレーダーがいっぱいいるらしい。こないだ、うちの叔父さんもあそこから買った金融商品で大損したらしいんだけど、勧めた担当者はとっくに辞めてたって。洒落《しゃれ》になんないよ、退職金の半分をつぎこんでたんだぜ。ショックで持病が悪化して、今入院してる。
ヤマダ：トレーダーなんて、金銭感覚麻痺《まひ》してんだろうな。
サトウ：しょせん、客の金だもん。損したら客の自己責任で済ませりゃいいし、パソコンの前で数字だけ動かして稼げたら、普通の勤めなんて馬鹿《ばか》らしくてやってらんないだろうな。

スズキとタカハシ、小さなワゴンを押してくる。上にはワイングラスと湯飲みが人数分。皿もある。

ヤマダとサトウも立ち上がり、酒の準備をする。

ヤマダ：ワイングラスなんかあったんだ。
スズキ：うん。焼酎は湯飲みで我慢してもらわないと。
サトウ：じゅうぶんじゅうぶん。
タカハシ：いつから、こんなにみんなワイン飲むようになったのかしらね。
サトウ：子供の頃は、赤玉ポートワインしかなかったぞ。
スズキ：あれ、すごく甘かった。
ヤマダ：日本酒だって、CMやってる大手三社くらいしかなかった。大吟醸だのなんだのって、全国の地酒が飲めるようになったのも最近だろ。
サトウ：今の若い奴《やつ》って酒飲まないよなあ。
スズキ：全般的に、欲望薄いよね。出世したいとか、いい女とつきあいたいとか、おいしいもの食べたいとか、あんまりないみたい。
タカハシ：選択肢があまりにも多くなると、選ぶ前に萎《な》えちゃうのかも。
スズキ：（ズバリと）ねえ、ヤマダ君、離婚したってほんと？

タカハシとサトウ、動揺する。

ヤマダ：（淡々とつまみを皿に開けながら）ううん、してない。

スズキ：なんだ、ガセか。ごめんね、そんな噂《うわさ》聞いたもんだから。

ヤマダ：でも、当たらずとも遠からずってやつかな。一人になったことは確かだから。

スズキ：えっ、そうなの？

ヤマダ：うん。今は一人暮らし。

スズキ：別居してるってこと？

ヤマダ：死んだんだ。

タカハシ：えっ。

ヤマダ：うちのカミさん、半年前に、死んだ。

スズキ、タカハシ、サトウ、絶句する。ヤマダ、黙々と出たゴミをビニール袋にまとめる。
タナカが毒づきながら入ってくる。髪がボサボサである。

タナカ：ひでえ、ほんとにひでえ。飛ばされるかと思ったぜ。
（みんなの様子に気づき）どうかしたの？
ヤマダ：（ほほえんで）ちょっとね。なんでもない。
タカハシ：タナカ君、髪の毛すごいよ。
タナカ：（髪を手で梳《と》かしながら）だって、嵐《あらし》だよ、嵐。とうとう雨まで降ってきやがった。
スズキ：雨？　やだなあ、傘持ってないよ。これって、何？　台風？
サトウ：台風が来るなんて聞いてないぞ。ただの低気圧じゃないの。

五人、ぎこちなく、ワイングラスを手に、席につく。

タナカ：それでは、まあ、オギワラの冥福《めいふく》を祈って。

五人、弱々しくグラスを上げてみせてから口を着ける。

サトウ：（ややしんみりして）意外な奴が死ぬよな。
タナカ：確かに。
サトウ：オギワラなんか、いつもにこにこしてて、バイタリティあって、タフな奴だったのになあ。あんな奴でも死ぬんだなあ。
タカハシ：うん。
スズキ：この世の人類が死に絶えても、オギワラ君だけは生き残りそうだったのにね。
タナカ：分からないもんだ。
スズキ：しかも、ねえ。殺されるなんて、ね。
タナカ：物騒な世の中だ。
タカハシ：犯人の目星はついてるのかしら。
スズキ：どうなんだろう。物盗《ものと》りが目的なのかな。

サトウ：現場はめちゃめちゃに荒らされてたんだろ？　カルテが散乱してたって何かで読んだな。
スズキ：あのへん、夜は人が少ないから、事務所荒らしが頻発してたんだって。
タナカ：でも、オギワラが残って仕事してたんなら、明かりはついてたはずだろ？　事務所荒らしだったら、普通、真っ暗な無人のオフィスを選ぶんじゃないか。
タカハシ：事務員の話だと、オギワラ君はいったん事務所を閉めて一緒に帰ったって言ってたよ。ひょっとして、忘れものでもして引き返したんじゃないかって。
サトウ：そこで泥棒と鉢合わせしたと。
タナカ：でもさあ、今日、警察も来てたよなあ。あれ、弔問客をチェックしてたんじゃないの。
タカハシ：どうして？
タナカ：客の中に犯人がいるかもしれないからだよ。
スズキ：何、タナカ君は、オギワラ君が怨恨《えんこん》で殺されたと思ってるわけ？

タナカ：そうは言ってないけど。
タカハシ：オギワラ君、人に恨まれるようなタイプじゃないわ。
タナカ：本人はそうかもしれないけど、職業的にはどうかな。
スズキ：患者さんに恨まれてたっていうの？
タナカ：違うよ、カルテが散乱してたんだろ？　職業柄、患者の秘密も聞いてるはずだし、もしかしたら、犯人はそっちが目的だったのかもしれない。
スズキ：ああ、なるほどね。そっちを盗むのが目的で、元々彼のクリニックを狙《ねら》っていたと。なのに、オギワラ君に見つかってしまって、殺してしまったと。
タナカ：そういうこと。
サトウ：患者の秘密って、たとえば？
タナカ：さあ。具体的にはどうだか。でも、カウンセリングに通っていること自体、隠したい人もまだ多いんじゃないかな。
サトウ：患者だとばれたくない？
タナカ：うん。そういう人もいると思う。

サトウ：おまえみたいな奴とか？
タナカ：え？
サトウ：外資は競争、ハンパじゃないんだろ。日本企業の口先だけのとは違う、本物の成果主義だしね。業績上げるために相当ストレスも溜《た》まってるはずだ。ライバルに、自分が心療内科に通ってたって事実、知られたくないんじゃないかな。日本でも少しは浸透してきたけど、なんのかんのいって出世に響くだろうし。
タナカ：（苦笑して）俺は違うよ。
サトウ：別におまえだとは言ってない。おまえみたいなポジションにいる奴だったら、おまえの言う条件に当てはまるんじゃないかと思っただけだよ。
タナカ：まあ、そうかもしれないが（口ごもる）。と、いうのは、さ。実は、俺、ひと月ほど前に偶然オギワラに会ってさ。
スズキ：え、どこで？
タナカ：新宿のホテルだよ。向こうは学会、こっちはお客さんと会う約束があって。夕方、ホテルのロビーでたまたまばったり。せっかくだからって少し一緒に飲んでたら、あいつ、同窓生も自分のところにカウンセリングに来てる、と言ってたんだ。

スズキ：あらあ、それって、医者の守秘義務違反じゃないの？

タナカ：(慌《あわ》てて) いや、オギワラも、すぐに「すまん、口を滑らせた、忘れてくれ」と言ってたんだ。俺も、実際、今日葬式に行くまで忘れてたし。

タカハシ：同窓生って言ったの？　大学のことを指したのかもしれないよ。

タナカ：いや、実は、うちの高校の同窓生、とまで言ってた。

スズキ：ねえ、本当は誰かまで聞いてるんじゃないの？

タナカ：(慌てて) いや、名前は聞いてないよ。あのオギワラがそんなこと喋《しゃべ》るわけないじゃないか。

スズキ：でも、タナカ君、誘導尋問とかうまそうだし。

タナカ：あのなあ。

スズキ：ほんとに聞いてないの？

タナカ：ほんとに聞いてない。

タカハシ：とにかく、オギワラ君のカウンセリング受けてた人がうちの学年にいるのね。
タナカ：うん。
スズキ：どっちがいいかねえ。カウンセリング受けに行くのに、こっちが人柄をよく知っているかつての同窓生か、全く知らない人か。
タカハシ：微妙ね。あたしだったら抵抗あるなあ。オギワラ君ち、近所だったから、うちの家族とかみんな知ってるし。
サトウ：俺だったら、オギワラに頼むな。あいつならじっくり話聞いてくれそうだし、なんとなくバックグラウンドも知ってるから安心だ。

ヤマダ、突然くすくす笑い出す。
四人、あっけに取られる。

ヤマダ：（おかしそうに）タナカ、そんな回りくどいカマかけなくたっていいよ。
タナカ：えっ。
ヤマダ：おまえ、知ってるんだろ？　俺がオギワラにずっとカウンセリング受けてたって。

他の四人、絶句する。

ヤマダ：わざわざいうようなことでもないけど、隠すようなことでもないから言っとく。以前からちょくちょく話は聞いてもらってたんだけど、ここ一年くらいは正式に患者として通ってた。
タナカ：最後に会ったのはいつ？
ヤマダ：亡《な》くなる三日前。ここ半年、週に一度は行ってた。
タナカ：何か変わった様子なかったか？
ヤマダ：誰が？
タナカ：オギワラだよ。
ヤマダ：いや、別に。普通、医者は患者の前で変わった様子なんか見せないだろ。
タナカ：そりゃそうだわな。
ヤマダ：俺のこと、オギワラから聞いたのか。

タナカ：いや、違う。
ヤマダ：ホテルでオギワラに偶然会ったっていうのは？
タナカ：それはほんとだ。ただ、その時は立ち話だけして、すぐに別れた。翌日、オギワラのほうから会いたいって言ってきて、飲んだんだ。
スズキ：タナカ君がオギワラ君の相談に乗ったわけ？
タナカ：うん。最近、誰かから嫌がらせを受けてるって話だった。
サトウ：素朴な疑問だけど、どうしてオギワラがおまえにそんな相談を？　おまえとつきあいあったっけ？
タナカ：たぶん、俺が会社で警察との窓口になってるって話をしたからだろう。顧客とのトラブルで、社員が脅迫に遭ったり、訴えられたりしてたから。
サトウ：オギワラはどんな嫌がらせを受けてたんだ？
タナカ：クリニックの入口に、猫の死骸《しがい》が吊《つ》るされてたことがあったんだって。
スズキ：ううう、気持ち悪い。ひどいことするわねえ。
タナカ：淡々と話してたけどね。
サトウ：だから、タナカは怨恨説を取ってたわけか。

タナカ：うん。事件のこと聞いて、真っ先にそのことを思い出した。なんとなく、あいつ、誰の仕業か気付いてたような気がするんだよな。
ヤマダ：で、俺だと思ったわけか。
タカハシ：え？
ヤマダ：俺がオギワラを殺したと思ってたんじゃないの。
タナカ：まさか。
ヤマダ：でも、俺が事件に関係ないと思ってるんなら、俺がオギワラのところに通ってたこと、知ってても黙ってたはずだ。わざわざその件を引っ張りだしたってことは、俺が事件に関係あると思ったからだろ？
タナカ：ちがう。
タカハシ：タナカ君は、ヤマダ君がオギワラ君のところに通ってるってどうして分かったの？
タナカ：いや、通ってるのは本当に知らなかった。ただ、オギワラとヤマダが今もつきあいがあるってことを知ってただけなんだ。たまたま、オギワラのクリニックからヤマダが出てくるところを見たんだよ。

サトウ：やけに偶然が多いな。
タナカ：本当だよ。世の中には偶然が溢《あふ》れてるもんさ。俺の印象では、医者と患者という感じじゃなかったから、きっとヤマダがオギワラを迎えに来て飲みに行くところだと思ったんだ。だから、オギワラの近況について何か知ってるんじゃないかとは思ってた。
ヤマダ：だったら、俺はバリバリの患者だったから、オギワラの身辺まではとても気が回らなかったな。残念だけど、何も聞いてないよ。
タナカ：そうか。
タカハシ：（ぽつんと）偶然、かあ。

みんな、なんとなくタカハシを注目する。

タカハシ：（ぐるりとみんなを見て）偶然といえば、偶然よねえ、これも。
スズキ：何が？
タカハシ：だって、まさかオギワラ君のお葬式が今日になるなんて思わなかったもん。

他の四人、一瞬顔を見合わせ、やがてぎこちなく頷《うなず》く。

サトウ：そうだな。（自分の服を見下ろす）不謹慎な言い方になるけど、この格好がそのまま本来の用途で役に立ったわけだ。

スズキ：うちの旦那《だんな》なんか、怪しんじゃってさあ。旦那もオギワラ君の事件知ってたから、なんで事件より前から喪服準備してたんだって言われちゃった。

サトウ：俺の場合、会社のロッカーにいつも突っ込んであるから、それ着てきた。

タナカ：俺もそう。

タカハシ：ごめんね、みんな、せっかくの日曜日なのに。（ヤマダを見る）ごめんね、ヤマダ君、知らなかったの。無神経なお願いしちゃって、本当にごめんなさい。

ヤマダ：（慌てて手を振る）いいんだよ。まさか、いくら映画研究会にいたからといって、本当にタカハシが監督デビューするなんて予想もしてなかったよな。
スズキ：そうだよねー。あたしらだって、一応学園祭とか一緒に自主映画撮ってたけど、結局、大学に行っても続けてたのってユウコだけだったもんね。
タナカ：高校時代から将来監督になろうと思ってたわけ？
タカハシ：ううん、全然。もちろん、映画大好きだったけどね。
サトウ：おまえ、ずっと同窓会にも来てなかったじゃん。
タカハシ：だって、必ず撮影と重なるんだもの。
スズキ：いきなり久しぶりに連絡寄越《よこ》したと思ったら、「撮影のエキストラに協力してくれ」で、しかも「喪服着てきてくれ」だから驚いたわよ。
タカハシ：ほんと、ごめん。普通の人を使いたかったんだ。
タナカ：本当に大丈夫か？　俺たち、ほんとのほんとに、単なるど素人《しろうと》だぞ。
タカハシ：それでいいの。ううん、それがいいの。
スズキ：言われたとおり、何も準備してこなかったけど、台詞《せりふ》なんかは？
タカハシ：短いから大丈夫。みんなならすぐに覚えられるって。

ヤマダ：（周囲を見回しながら）スタジオって、本当に防音効果凄《すご》いのな。外があれだけ大荒れなのに、ここにいると全然分からない。

サトウ：他にスタッフは？

タカハシ：あたしが一人で撮っているドキュメンタリーという設定なの。だから、素人っぽく、特にここのところは、あたしがカメラ一台で撮る。

タナカ：みんなでしばらく雑談してろって話だったけど、まだいいの？　酒も飲んでるし、思いっきり寛《くつろ》ぎまくってるんだけど。

タカハシ：うん、そろそろいいかな（腕時計を見る）。ここ、一日借り切ってるから余裕よ。あ、あたしはよくてもみんなのほうが時間ないか。（笑い）みんなで会うのも久しぶりだから、というか、あたしがみんなに会うの久しぶりだから、しばらく旧交を温めて、お互い緊張がほぐれてからと思って。

サトウ：温まった、温まった。もう、ぽっかぽか。

ヤマダ：セッティングはあれでいいの？

タカハシ：うん、カメラはもう定点で、あそこから動かさないから。

タカハシ、客席のほうを見て（そこにあるはずの）カメラを指差す。
他の四人も、（そこにあるはずの）カメラを注視する。

タカハシ：ここに、カメラのピントが合わせてあります。そこに座って、カメラを見て、それで順番に喋《しゃべ》ってもらいます。
（みんなを見て）いい？

サトウ：やっぱ、緊張してきたな。もう少し飲んでもいい？

スズキ：カメラがあると、意識しちゃうよね。

タカハシ：だから、ずっとセットしたまんまにしといて、その存在に慣れてもらおうと思ったのに。

タナカ：いざ撮る、と言われると、なあ。

ヤマダ：俺、顔赤くなってない？

タカハシ：だいじょうぶ、ここにいるメンツはお酒飲んでも顔に出ないこと知ってるから、お酒許可したんだもん。それじゃあ、ぼちぼち台詞でも練習してもらおうかな。

タカハシ、袖《そで》のほうに行き、薄い冊子の束を持ってきて、みんなに配る。みんなが緊張の面持ちで冊子を手に取り、順にガサガサとページを開き始めたところで、パッと明かりが消え、暗転。

第二場

明かりがつくと、五人が椅子《いす》に座っている。
タカハシ以外の四人、冊子を開いて読みながら、真面目《まじめ》にドキュメンタリーの登場人物を演じている。照明は暗めで、いかにも芝居の一場面ぽい。タカハシはじっと無表情に前を見つめ、聞いている。

ヤマダ：そうですねえ、あの日もいつも通りでしたよ。ショックでした。ひごろ、あくせく生活に追われてると、おんなじ日がずっとこれからも当たり前に続いていくと思いこんでるでしょう。でも、おんなじ日なんて二度と来ないし、毎日少しずつ歳《とし》を取っていくし、何かがずっと同じ状態で続いていくなんてこと、あり得ないんですよね。

スズキ：密《ひそ》かに憧《あこが》れてたんです、ああいう生き方。誰にも媚《こ》びないし、へつらわない。とても自由なんだけど、自由ってある意味怖いし、孤独でもあるでしょ。その怖さを平然と受け止めて、ひょうひょうと自由を享受《きょうじゅ》してたところがカッコよかったな。

タナカ：水道局のところに、一本ポプラの木があるでしょう。あそこがお気に入りの場所だったみたいで。天気のいい午後なんか、木の根元にぽつんと座って、じっと風に吹かれてましたね。その横顔が、どことなく哲学的で。いったい何を考えてたんでしょうねえ。今となっては見当もつかないけど。

サトウ：顔は広かったんじゃないかな。でも、八方美人というタイプじゃなかった。一度ゆっくり一緒に時間を過ごしてみたかったですね。同じ時間を共有できたら、もっと分かりあえたし、何か人生について大事なことを教えてもらえたんじゃないかと思うと、残念でたまりません。ほんとうに、惜しい猫を――（いきなり調子変わって）って、おい。

パッと普通の明かりがつき、四人、タカハシを見る。

サトウ：猫かい！

タナカ：真面目にやってたのに。

タカハシ：（平然と）そうよ、みんなに愛されていた野良《のら》猫の生涯がテーマの、一種のファンタジー映画だもん。

ヤマダ：ドキュメンタリー風の？

タカハシ：ファンタジーにもリアリズムは必要なの。

スズキ：どこかで何かが矛盾してる気が。

タカハシ：（ぱんぱんと手をはたく）みんな、なかなかいい感じだったよ。本番もその調子でお願いね。じゃ、ちょっと休憩しよっか。（携帯電話を取り出す）ごめん、ちょっと電話してくる。

タカハシ、退場。

四人、手の中の冊子を見おろす。

スズキ：どういう猫よ。

サトウ：哲学的な横顔。
ヤマダ：あいつ、やっぱり芸風は変わってないな。
スズキ：なかなか人間変われないもんよ。
タナカ：タカハシの撮った映画って、観《み》た？
スズキ：ううん、観てない。
サトウ：あ、俺、観た。
ヤマダ：どういう映画なんだ？　ジャンルでいうと何？
サトウ：ファンタジー――かなあ。魚が空飛んでたから。いっぱい。子供も出てきた。カメも。
スズキ：ファミリー映画？
タナカ：泣ける？
サトウ：うーん。どうだったかなあ。ええと、その、カメが出てきて、魚も――（いきなり頭を下げる）すまん！　途中で寝ちゃったんだ。営業の途中で、暑くて、ちょうどいい上映時間だったんで、ああ、二時間涼しいところで眠れるって。タカハシが監督した映画だったっていうのも、あとから人づてに聞いたくらいで。
ヤマダ：最近の映画館は椅子もいいしな。
タナカ：タカハシって、まだ一人なの？
ヤマダ：さあ。
スズキ：たぶん、そう。
タナカ：なんで俺たちなんだろうなあ。
スズキ：なんでって。
タナカ：スズキはタカハシと会ってた？
スズキ：ううん。ものすごく久しぶり。
タナカ：サトウとヤマダは？
サトウ：全然。
ヤマダ：俺も。
タナカ：(ヤマダに) ほんとか？
ヤマダ：(ややムッとして) 本当だよ。
タナカ：例えばさ、おまえが映画業界に入って、ずっと助監督やってたとする。

ついに一人立ちして、監督として映画を撮ることになった。デビューして二作目。あの世界のことはよく分からないけど、一作一作がまだ名刺代わりだろうし、次が撮れるかはそれまでの作品次第。まず、失敗なんかしたくないよな?

ヤマダ：うん。きっと予算も少ないだろうし。

タナカ：そうだよな。だったらさ、いくらエキストラとはいえ、プロを頼むのが筋じゃない? 俺たち、ど素人《しろうと》だよ? いくら素人っぽいのがいいっていったって、リスクは大きい。ひょっとしたら、一日かけて撮影しても、使えないかもしれない。失敗したくない大事な映画なのに、わざわざ何年も会ってない俺たちを呼んで、エキストラさせるっていうのは不自然じゃないか?

スズキ：逆に、自分が監督の映画だから、記念にかつての映研時代の仲間を呼んだってことなんじゃないの?

タナカ：俺だったら、そんなことはしない。だって、自主映画じゃないんだぜ。人の金集めて商業映画撮るってのに、そんな公私混同するか?

ヤマダ：公私混同っていうか、俺たちタダだから安上がりなんじゃないの？
タナカ：俺がいちばん不思議なのは、あいつが一人で来てることだよ。スタジオとか、機材とか、どれもお金がかかるし、準備が必要だ。スケジュールだって決まってるだろうし、普通、そういうのってラインプロデューサーとか、スタッフが管理するもんなんじゃないのかな。監督っていちばん偉いんだろ？　どうして一人なんだ？
サトウ：いろいろと疑り深いやつだな。ヤマダの次はタカハシか。いったい何を心配してるんだ、おまえは。
タナカ：なんで俺たちなのか、考えてるだけだよ。
ヤマダ：他に誰がいるんだ？
タナカ：部員はまだいただろ、キクチとかタカダとか――イトウとか。
ヤマダ：おまえだったら、キクチとかタカダとかイトウをエキストラに呼ぶか？
タナカ：いや、その。まあ。
スズキ：あたしがタカハシでもまずその三人は呼ばないなあ。あたしたちで正解よ。あたしたち、とりあえず常識人だもん。

タナカ：だからその、そもそもなんで全くつきあいが途絶えていた高校時代の同窓生をわざわざ大切な仕事に呼んだかというのが問題なんであって。
サトウ：何か身に覚えでもあるのか？
タナカ：身に覚えって。
サトウ：今ごろになって、タカハシにここに呼び出されるような理由に、思い当たることでもあるのかっての。
タナカ：ないよ。ないから不思議なんじゃないか。
ヤマダ：何をびくびくしてるんだよ。
タナカ：びくびくなんかしてないってば。おまえら、知らないんだよ、どんなに不条理な、信じられないような理由で他人を恨む人間がいるかってこと。たまたま通りかかったとか、そこにいたからなんて理屈で恨みを買ってたりするんだぞ。
ヤマダ：じゃあ、知らないうちに俺たち、タカハシの恨みを買ってたかもしれないってこと？
スズキ：そう言われると自信なくなってきた。ヤマダ君なら恨まれても仕方ないかもしれないけど。

ヤマダ：なんでだよ。

スズキ：分かってるくせに。

ヤマダ：あのなあ、今さらこんなこと弁明しなきゃなんないのも嫌なんだけどさ、俺とあいつの間には何もなかったから。みんなそう思いこんでるみたいだけど。

サトウ：実際そうだったからじゃないの。

スズキ：でも、ヤマダ君を恨むんなら、ヤマダ君だけ呼び出せばいいわけだし。

サトウ：一人だけだと、呼びだしても出てこないと思ったんじゃないか。

スズキ：みんなも呼んだって嘘《うそ》つけばいいのよ。そのほうが簡単じゃない。

サトウ：ヤマダが俺かタナカに確認したら、嘘だってすぐバレるぞ。

スズキ：あたしだったら、確認しないほうに賭《か》ける。みんな忙しいし。

ヤマダ：だから、何もなかったっつうのに。

スズキ：あ、待って、そういえば。

ヤマダ：何？

スズキ：ユウコの撮ったフィルムが無くなったことがあったよね。
ヤマダ：映画の？
サトウ：三年の時だろ？　あいつが夏休み中かけて撮り貯《た》めてたのに、学園祭の三日前くらいにいきなり行方不明になって、みんなで真っ青になって探したんだ。
ヤマダ：そんなこともあったな。あいつ、泣きべそかいてたっけ。間違って捨てられちゃったんじゃないかって、焼却炉の中までひっくり返して、大騒ぎだったなあ。あれって、結局出てきたんだっけ？
スズキ：出てこなかったのよ。あきらめて、一日で撮り直したの。いったいどこにいっちゃったのかしらね。ユウコは管理に気を付けてたし、部室の鍵《かぎ》付きロッカーにちゃんと入れといたのに。
サトウ：じゃあ何かい、タカハシは俺たちの誰かがあのフィルムを盗むかどうかしたと思ってるってこと？
スズキ：もしもあのことが、今日あたしたちがここに集められた理由だとしたらね。

ヤマダ：処女作には誰しも思い入れがあるっていうし。
サトウ：それで？　俺たち、これから吊《つ》るしあげられるわけ？　「いったい誰が盗んだんだ、白状しろ」ってか？
タナカ：とにかく――とにかく、ぜったい変だよ、あいつ。
サトウ：まだ疑ってるのかよ。言っとくけど、今の会話、冗談だからな。
タナカ：俺、見たもの。
ヤマダ：何を。
タナカ：さっき、ここ出る時、あいつ、ポケットから携帯出そうとして、間違えた。
スズキ：何と？
タナカ：ボイスレコーダー。
サトウ：なんだって？

気まずい沈黙。

タナカ：俺、敏感なんだ。最近は、交渉してる最中にこっそりボイスレコーダーで録音してる客が多いから。あいつ、すぐに隠したし、俺も気づかないふりしたけど、絶対作動してた。あいつ、ここに着いてから――ううん、着く前から、俺たちの会話、録音してると思う。これでも、単なるエキストラだと思うか？

ヤマダ：なんでそのこと黙ってたんだよ？

タナカ：そんなの、言いだせるような雰囲気じゃなかった。

スズキ：ほんとなの？　見間違いじゃないの？

タナカ：見間違いじゃない。俺、あれと同じ型の持ってるから。

ヤマダ：なんだか嫌な展開になってきたなあ。

タナカ：ボイスレコーダーって、証拠能力としては、ほんとはみんなが思うほど優先順位高くないんだよね――意図的に削ったりすると、前後の文脈で簡単にニュアンス変わっちゃうから。せいぜい、状況証拠というか、参考程度なんだよ。なのに、鬼の首でも取ったみたいに証拠だ証拠だって騒ぐんだ。

サトウ：俺たち、恨まれてるのか？
ヤマダ：さあ。
サトウ：俺たち、恨まれるようなことしたのかな？　俺たち、加害者なの？　忘れてた昔のあやまちのせいで順番に復讐《ふくしゅう》される、バカで無神経な加害者だったわけ？
スズキ：そこまで言わなくたって。

すうっとタカハシが入ってくる。

タカハシ：誰がバカで無神経な加害者ですって？

一瞬、みんな黙り込む。

ヤマダ：（落ち着いて）誰でもそうなる可能性があるねって話。
タカハシ：（大きく頷いて）最近特に、加害者と被害者は紙一重で、めまぐるしく立場が入れ替わるからね。気をつけないと、今自分がどっち側なのかすぐに分からなくなる。本人は毎日ボーッとおんなじ場所に立ってたつもりなのに、昨日は被害者で、明日は加害者だったりするんだよね。

ヤマダ：そういうこと。

タカハシ：コーヒー買ってきたよ。これ飲んだら、本番ね。

タカハシ、手に持った紙袋からコーヒーを取り出してみんなに渡す。

タカハシ：砂糖いる人、ここに入ってるから取って。

スズキ：あたしもらう。

サトウ：俺にもちょうだい。

スズキ、サトウ、紙袋から砂糖を取り、みんなでごそごそ椅子《いす》に座り直す。が、タナカ、凍りついたように手を止めてじっとタカハシを見ている。

タカハシ：何よ。あたし、きれい？
タ　ナ　カ：いや、そうじゃなくて。
タカハシ：（ムッとする）そうじゃなくてっていうのは？
タ　ナ　カ：おまえ、このコーヒーどこで買ってきたんだ？
タカハシ：どこでって、角のスタバだけど？
タ　ナ　カ：（首を振りつつ）嘘だ。
タカハシ：はあ？
タ　ナ　カ：そんなはずはない。（わなわなとコーヒーを指差す）おまえ、このコーヒー、元から仕込んでおいたんだろ？
タカハシ：仕込む？　何を？
タ　ナ　カ：だって、外に出たのなら、そんなに髪がちゃんとしてるはずがない。あんなに風が強くて、目も開けてらんないほどなのに。

みんな、不安そうにタカハシを見、コーヒーを見る。
タカハシ、きょとんとしている。が、にやっと笑い、コーヒーをぐっと飲む。

沈黙。

突然、タカハシ、胸を押さえ、苦しみだす。

タカハシ：ううーっ。

スズキ：ユウコ？

ヤマダ：おい、どうした。

タカハシ：（おもむろに姿勢を正し）――なーんちゃって、誰かが苦しみだしてバッタリ倒れちゃったりすると、話としては面白いんだけどね（落ち着いてコーヒーを飲む）。

他の四人、はーっというため息。

ヤマダ：なんだよ、おどかすなよ。

スズキ：びっくりした。

タカハシ：びっくりしたのはこっちよ。失礼しちゃうな。あたしの髪がちゃんとしてるのは、ここに戻る前に化粧室で髪を梳《と》かしてきたからです。ヤマダ君とタナカ君がすごい頭で戻ってきたのを見て、女子は学習したってこと。

サトウ：ちょっと待った。

タナカ：なんだ――なんだ、そうだったのか。俺はてっきり。

タカハシ：あたしが毒を盛ったと思ったわけね。なんなのよ、いったい。

サトウ、額に手を当てて、じっと考えこんでいる。

他の四人、サトウに注目。

ヤマダ：まさか、具合が悪いんじゃないだろうな？

サトウ：違う。

スズキ：だいじょうぶ？（と、サトウに寄ろうとする）

サトウ：待った。（それを押しとどめながら）頼む、みんな動くな。思い出しそうなんだ。

四人、戸惑った表情でサトウを見る。

サトウ：なんか、今の景色、見覚えがある。
スズキ：今の景色って？
サトウ：今の。ヤマダがいて、スズキがいて、みんなで青い顔してて——
ヤマダ：それで？
サトウ：誰かが苦しみだして。
タナカ：あっ（サトウと顔を見合わせる）。
サトウ
タナカ　｝食中毒。
サトウ：そう。そうだよ、食中毒事件があったんだ。
タナカ：高三の時。夏休みか？
サトウ：いや、もう授業は始まってたな。うん、学園祭が近づいてて、準備しながら差し入れか何か食べてて、みんなが苦しみだしたんだ。

スズキ：そういえば、新聞にも載ったね。ボツリヌスだかサルモネラだか。
ヤマダ：直接の原因は何食べたからだっけ？
タカハシ：けんちん汁よ。
タナカ：そうそう、けんちん汁！　懐《なつ》かしい！　けんちん汁、漢字で書ける？　へんな字当てるんだよな。（↑ちなみに巻繊汁と書きます。作者）
ヤマダ：けんちんて、誰？　中国の坊さん？
タナカ：人名じゃなかった気がする。
サトウ：残って作業してた文化部みんなへの差し入れだった。父兄会だか、近所の商店街からだったかは忘れたけど。確か、写真部の連中の被害がいちばん大きかったんじゃなかったっけ。
タナカ：俺らの中じゃ、キクチがひどかったんだ。三週間くらい入院してた。
スズキ：キクチ君て、もともと胃腸弱くて、冷たいもの苦手だったから、あの時誰よりもけんちん汁食べたんだよ。
タナカ：うん、そうだった。牛乳もダメだったもんな、思いだしたよ。だけど、知ってた？　あいつ、あんなに入院してたの、食中毒のせいじゃなかったんだぜ。

ヤマダ：えっ、そうなの？

タナカ：あの時、市内の小学校で風疹《ふうしん》が大流行してて、あいつ、病院でうつされたらしいんだ。食中毒でただでさえ身体《からだ》が弱ってるところにうつされたから、何日も高熱が出て、いっとき意識不明になるくらいの、かなりの重症だったらしい。

スズキ：災難だったねえ。

タカハシ：風疹って、男の人には危ないんだよね。

スズキ：うん。女だって、妊婦は相当やばい。

タカハシ：成人してから罹《かか》ると、不妊の原因になったりするんでしょ？

スズキ：って話、聞くよね。でも、うちの弟、社会人になってから罹ったけど、子供三人いるよ。

タカハシ：カナコんち、みんな生命力強そうだもんね。

スズキ：よく言われる。

サトウ：（おずおずと）なあ、タカハシ。あの年、学園祭で上映するはずだったタカハシ：フィルム、なくなったの覚えてるか？
タカハシ：（苦笑して）もちろん、覚えてるよ。やたらと取り乱しちゃって、みんなと探し回って、迷惑かけたよねえ。恥ずかしい。でも、十七歳の夏休みのほとんどをあれに捧《ささ》げてましたからねえ。見つからなくて、ショックだったなあ。今でも時々考えるの。あんなに沢山のフィルム、いったいどこに行ったんだろうって。
ヤマダ：タカハシは、どういう結論なわけ？　誰かに盗まれたとか？
タカハシ：うーん。分からないなあ。
スズキ：ユウコに憧《あこが》れてた誰かが持っていったとか。
タカハシ：それはないよ。あたしが撮ったフィルムだから、あたしは全く映ってないわけだし。あたしね、実はあの時も八ミリ回してるの。
タナカ：あの時って？
タカハシ：食中毒騒ぎの時。
サトウ：そうだったっけ。
タカハシ：もともと学園祭のメイキングのつもりで、勝手に一人でいろんな部室回ってたんだ。だからあの日、放課後まだみんなが元気に作業してる時から、けんちん汁が運びこまれてきて、みんなが食べて、苦しみだして、大騒ぎになって、救急車が来るところまで撮ってたの。
ヤマダ：へえぇ。知らなかった。それ、誰かに見せた？
タカハシ：ううん。あの日はあたしも動揺してて、誰かに見せるなんて思いつかなかった。自分が撮ってたことすら忘れてたくらい。でも、少しして騒ぎが収まった時に、一人で部室で見てみたの。
スズキ：それで？
タカハシ：ピントぶれまくりでがっかりしたんだけど、ずーっと最後まで見た。映像で見るとあんまり臨場感なくて、ふうん、意外につまらないなっていうのがその時の印象で。
ヤマダ：特に変わったものは映ってなかったんだな。
タカハシ：うん。でもね、何か引っかかったのよ。
サトウ：何かって？
タカハシ：分からない。妙な違和感があったとしか。これ、今だからこんなふうに言語化してるけど、当時はもやもやしてただけで言葉にできなかった。でも、なんか変だな、なんか引っかかるな、ってずっとどこかで気にしてたのね。
サトウ：なんだか気味が悪いな。
タカハシ：そうしたら、何日か経《た》って、不意にその理由に思い当たったわけ。
タナカ：理由って？
タカハシ：あのね、鍋《なべ》が二つあったの。
ヤマダ：鍋が？
タカハシ：フィルムの画面にね、奥のほうに鍋が二つ映ってる場面があったのよ。ほんの一瞬なんだけど。
スズキ：やだ、怖い。
タカハシ：でも、あとで現場を映したところを見ると、ニュースの映像でも、新聞や週刊誌の写真でも、けんちん汁の鍋は一個しかないの。菌はその鍋から見つかってるし、誰も鍋の数については話してないんだよね。
サトウ：それって、どういうこと？

タカハシ：今にして思うと、たぶんあたし、フィルムの中に、もう大騒ぎになっているいる現場から、誰かがどさくさに紛れて鍋を運び出そうとしているところを見たんだと思う。よく分からないんだけど、鍋をすり替えたんだとしか思えない。
タナカ：待て待て。すり替えて残ったのは食中毒の菌が入った鍋ってことだよな。なんでわざわざ、人が倒れた後にそんなことするんだ？
タカハシ：……。
タナカ：もしかして、あの食中毒事件は見せかけかもしれないってこと？
タカハシ：別の何かが入った鍋があったんだと思う。
タナカ：毒とか？
サトウ：だとすれば、相当計画的な犯行だよな。代わりの鍋まで用意して。
タナカ：特定の誰かを狙《ねら》ったってこと？
タカハシ：さあ。
ヤマダ：じゃあやっぱり、フィルムが盗まれたのは、事件と関係あるんじゃないのか。

タナカ：もしもその犯人がフィルムを盗んだんだとすると、そいつはそのフィルムの存在をどこで知ったんだろう？
スズキ：ユウコが撮影してることに気付いてたんじゃない？
ヤマダ：もしくは、タカハシが部室で見てるところをこっそり見ていたか。
タカハシ：えーっ。じゃ、あの時誰か他にいたってこと？
スズキ：こわっ。
ヤマダ：上映する時は部屋を暗くするから、誰かが覗《のぞ》いてても分からなかったかも。
サトウ：うーっ、なんだか怖いな。事故だと思ってた事件に加害者がいたなんて。
タナカ：でも、あのタイミングでフィルムがなくなったことの辻褄《つじつま》は合うよなあ。だって、学園祭で上映されてた可能性もあるわけじゃん？　もっと大勢の人間が見たら、誰かもそのことに気付いて騒ぎ出してたかもしれないし、もしかしたら食中毒で片付いてた事件が蒸し返されてたかもしれない。
ヤマダ：今にしてみれば――になっちゃうけど、そういえば、あの時、オギワラが不思議がってたなあ。「食中毒にしては、やけに症状が出るのが早いな」って。
スズキ：当時？
ヤマダ：うん。あいつ、昔っから医学部希望だったし、あの事件に興味があったらしい。俺は全く気にも留めなかったけど、オギワラは何か気付いてたのかもしれない。
スズキ：まさか、そのせいで殺されたなんてことはないよね。
ヤマダ：まさか。なんで今ごろ。もし犯人がいたとしても、とっくに時効だよ。
スズキ：そうだよね。

ぎこちない沈黙。

タカハシ：（明るく）なんだかヘンな話になっちゃったね。ごめんごめん。気分を変えて、
そろそろ本番、行こうか。

照明が暗くなり、また芝居の一場面ぽくなる。
皆、真顔で正面を見ている。

ヤマダ：いったい何をやってるんだろう、俺たち。いい歳《とし》をした大人が、映画監督になった高校時代の友人のためにこんな馬鹿《ばか》げた格好をして集まり、カメラに向かって死んだ猫のためにお悔やみを言っている。お悔やみ。スミカが死んだ時、誰もお悔やみなんか言ってくれなかった。みんな彼女が死んだ時の状況を知っていたから、誰も俺の顔を見ようとしなかった。俺の視線を避けるようにして、こそこそと頭を下げて、遺影に手を合わせていなくなった。
俺は今日、オギワラの遺影に手を合わせてきた。オギワラは笑っていた。あいつは、何か知ってたんだろうか。高校時代、食中毒ってこええな、とのんびり呟《つぶや》いていた俺の隣で、何かを疑っていたんだろうか。

スズキ：目の前のユウコは昔と全然変わらないけど、あたしは、時間が経つと、人によっては何かが決定的に変わってしまうことも知っている。タナカ君の話がほんとうだとしたら、ユウコの中身はあたしの知らない誰かに変わってしまっているのかもしれない。

ヤマダ君の奥さんが亡《な》くなったなんて知らなかった。ヤマダ君がオギワラ君のところに通っていたのは、そのことと関係があるんだろうか。ユウコは高校時代、ヤマダ君のことが好きだった。ユウコは彼を慰めるだろうか。ヤマダ君は、ユウコに慰められてくれるだろうか。

食中毒の話は気味が悪い。もし本当に、毒物を混入した犯人がいたのだとしたら、その悪意のおぞましさにぞっとする。かつて過去に存在していたそれほどの悪意が、現在にも向けられていないと誰が言い切れるだろう。本当にオギワラ君の事件とは関係がないのだろうか。

タナカ：タカハシはいったい何を企《たく》んでいるのか。こんな手のこんだ準備をして、金までかけて、何をしようとしているのか、見当もつかない。ボイスレコーダーも気になったが、実は、カメラも気になっている。みんなが慣れるように最初からセットしておいたとタカハシは言ったが、あの奇妙な芝居をしている間だけでなく、俺たちの雑談も撮影されているような気がする。

会社でたくさんの訴訟を抱えているせいか、カメラにはひどく敏感になっている。ここで撮られた映像が、どこかで悪用されるのではないか、何か悪影響があるのではないかと気になってたまらない。


サトウ：キクチが風疹に罹《かか》っていたなんて知らなかった。子供ができないのはそのせいなのかもしれない。もしもあの食中毒が誰かの計画的な犯行なのだとしたら、キクチはその犯人をさぞかし恨むことだろう。

やっぱりタカハシのフィルムは盗まれたのかもしれない。タナカの話はいささか被害妄想的だと思うけれど、確かに人はえてして他人の痛みには鈍感だし、もしかすると知らないところで俺たちはタカハシに恨まれているのかもしれない。

ヤマダと今年会うのは二度目だが、どちらも葬式だというのはありがたくない。ヤマダの奥さんの葬儀の時は、奥さんとも面識があっただけに、いたたまれなくてあいつの顔が見られなかった。

しかし、ヤマダもこんな時期に、よくタカハシのこんなたわけた頼みをきいてやったものだと思う。ヤマダは否定しているけど、やっぱりヤマダもタカハシのことが好きなんだと思う。

沈黙。

五人、前を向いて無表情にじっと座っている。

暗転。

第三場

明かりがつくと、すっかり寛《くつろ》いだ様子で五人が酒を飲みつつ談笑している。

サトウ：おい、酒買ってこようよ。腹減ったから、何か食いもんも欲しい。
ヤマダ：やっぱり一回じゃ済まなかったな。
タナカ：（スズキとタカハシに）何か欲しいもんある？
スズキ：緑茶のペットボトル買ってきて。
タナカ：銘柄は？
スズキ：どこでもいい。
タナカ：タカハシは？
タカハシ：あたしはミネラルウォーターお願い。
サトウ：よし、いこ。
ヤマダ：まだ風強いのかな。

サトウ、ヤマダ、タナカ、連れだって出かける。

スズキ：本当にあんなんでよかったの？　あれで間に合うの？

タカハシ：バッチグーよ。あとは編集でなんとかするから。みんな結構うまいじゃん。

スズキ：文句言ってた割には気合い入ってたよね。

タカハシ：ほんと、助かった。

スズキ：いつごろ完成予定？

タカハシ：年内には撮り終わって、年明けから編集したいな。

スズキ：忙しいんでしょう？

タカハシ：ヒマな時はヒマなんだけど、撮影入っちゃうとね。めっきり無理がきかなくなって、サプリメント飲んでるんだけど、全然効かない。

スズキ：あたしも飲んでる。飲み出した頃は一瞬効いたような気がしたけど、今はなんだかよく分かんない。自己満足かも。

タカハシ：コウタちゃん、幾つになったんだっけ？
スズキ：今年で九歳。三年生よ。
タカハシ：ひえー、人んちの子って、大きくなるの早いよねえ。
スズキ：ユウコは結婚しないの。
タカハシ：今の生活じゃ難しいよね。
スズキ：ヤマダ君の奥さんが亡《な》くなったなんて知らなかったよ。
タカハシ：あたし、ほんとはね、亡くなったって知ってたの。みんなが知ってるのかどうか分からなくて、いきなり「亡くなったんだって？」とは聞けなくて、「別れたんだって？」って言っちゃったんだ。
スズキ：病気だったの？
タカハシ：飛び降りたんだって。
スズキ：え？
タカハシ：自宅のマンションのベランダから。
スズキ：自殺なの？
タカハシ：元々感情の起伏の激しい人だったらしいんだけど、ここ数年、ヤマダ君が浮気してるって思いこんでたみたい。証拠を見つけようと会社に押しかけたりして、ヤマダ君もずいぶん参ってたようよ。

スズキ：そんな話、誰から聞いたの？

タカハシ：なぜだかそういう話をあたしに教えたがる人がいるのよ。どういうつもりなのか知らないけど。

スズキ：しかしまあ、知っててよくこんなエキストラ頼んだね。

タカハシ：（小さく笑って）ほとんど嫌がらせだよね。でも、仕事にかこつけて、ほんとはみんなに会いたかったんだ。それに、ヤマダ君、まだ泣いてないんじゃないかって気がしたし。

スズキ：ユウコが慰めてやんなよ。

タカハシ：あたしには慰められたくないんじゃないかなあ。

スズキ：そんなことないよ。

タカハシ：（首を振りつつ微笑《ほほえ》む）ねえ、タナカ君、何をあんなにびびってたの？ほんとにあたしがコーヒーに毒でも盛ると思ってたのかな。

スズキ：会社で訴訟の窓口やってて、性格が歪《ゆが》んだらしいよ。出世するのも大変だね。
タカハシ：ふうん。シビアな世界なんだろうなあ。
スズキ：ねえ、オギワラ君の事件、どう思う？
タカハシ：どうって。
スズキ：ほんとに、食中毒事件と関係ないのかな。
タカハシ：えーっ、まさか関係あると思ってるの？
スズキ：って、あんたのフィルムの話聞いたから、そういう妄想が湧《わ》いたんじゃないの。
タカハシ：フィルム。どうなんだろう。あたしの勘違いかもしれない。
スズキ：でも、鍋《なべ》が二つっていうのはどう考えてもヘンじゃない。
タカハシ：あんなもん、見なきゃよかったな。気がつかなきゃ、それで済んだのに。
スズキ：そう言いたくなるのは分かる。
タカハシ：こんなふうに、誰にも気付かれず、みんなに見過ごされて、なかったことになって忘れられていくことってどのくらいあるんだろうね。誰も気がつかなきゃ犯罪にはならないわけでしょ。

スズキ：昔読んだ小説にこういうのがあったわ。銀行強盗に入られて、通報しようとした行員が強盗に射殺されちゃうの。逃げた強盗は結局つかまって、とりあえず一件落着なんだけど、一人の刑事が疑問を持つのよ。
タカハシ：推理小説？
スズキ：推理小説といえば推理小説かな。で、どういう疑問かっていうと、どうして銀行員が射殺されてしまったのかっていう疑問。
タカハシ：警察に通報しようとしたからなんでしょ？
スズキ：そうなんだけど、刑事は気になる証言を聞くのよ。通報しようとした行員は、強盗の死角にいたんだって。カウンターの下に非常ベルのボタンがあって、それを押せばいい。だけどね、強盗の正面にいた行員の一人が、ボタンを押そうとした行員にチラッと視線を向けるのね。強盗は、それで自分の後ろにいる行員が通報しようとしてることに気付いて撃ち殺してしまったわけ。
タカハシ：気の毒ね。
スズキ：撃ち殺された行員と、視線を向けた行員は、仲が険悪だった上に出世争いをしていたことが分かるの。果たして、視線を向けた行員には殺意があったのかどうか。殺意があったのだとしたら、視線を向けたことが犯罪になるのか。殺意をどうやって証明すればいいのか。そういう話だったな。

タカハシ：結末はどうなるの？

スズキ：覚えてない。

タカハシ：そういう話聞くと、誰でも、自分でも気づかないうちに、人のひとりや二人殺してそうだね。

スズキ：うん。

タカハシ：あたしね、実は知ってるの。

スズキ：何を？　ずいぶんいろんなことを知ってるんだね、ユウコ。

タカハシ：うん。知りたくないようなことも知ってる。

スズキ：どうして、今日あたしたちを集めたの？

タカハシ：撮影のエキストラ。

スズキ：本当に？

タカハシ：本当よ。撮影したでしょ、猫のファンタジー。あたし、高三の時、あたしのフィルムを盗んだのが誰か、本当は分かってる。
スズキ：（絶句してまじまじとタカハシを見る）
タカハシ：今日は何時頃戻るって言って出てきたの？
スズキ：ん。遅くなるって言ってきた。きっと回転寿司《ずし》行ってるよ。コウタ、最近えんがわがお気に入りだから。
タカハシ：渋い子だね。
スズキ：最近の子って、食べるもの大人と変わんないのよ。そうだな、一応電話しとくか。ちょっと電話してくる。
タカハシ：うん。

スズキ、退場。タカハシ、一人残される。
ヤマダが戻ってくる。

タカハシ：あれ、サトウ君とタナカ君は？

ヤマダ：廊下で一服してる。
タカハシ：（ヤマダの頭を見て）風、収まったみたいね。
ヤマダ：（髪を押さえる）うん、だいぶね。

ぎこちない間。ヤマダ、タカハシからいちばん遠い椅子《いす》に座る。

ヤマダ：実は、タナカとサトウにけしかけられた。タカハシが何企《たくら》んでるのか探ってこいって。おまえなら聞きだせるだろうって。
タカハシ：なるほど。しつこいわねえ、みんな。そういう関係にはならない友人関係があるってこと、一生理解できないんだろうなあ。
ヤマダ：おまえ、タナカにボイスレコーダー見られてたぞ。
タカハシ：え？　道理で。それであんなに。いつだろ？　目ざといなあ。
ヤマダ：あいつ、かなりナーバスになってるぜ。よっぽど会社でひどいめに遭ってるんだなあ。サトウに言わせれば、あこぎなことやってるから自業自《じごうじ》得《とく》らしいけど。（客席のほうにあるはずのカメラに目をやって）カメラ、大丈夫か？

タカハシ：もう一個のカメラはバレてないと思うけど。分かんないでしょ、壁にセットしてあるの。

ヤ マ ダ：うん、分からない。でも、これ、あいつらが気付いたら、マジでタナカなんか訴えかねないぜ。

タカハシ：みんなに迷惑は掛けない。

ヤ マ ダ：でもさ、奇妙なもんだね。カメラで映されていると分かると、なんだかどんどん露悪的な気分になってくる。なんかもっと目立つことやってやれ、もっとギョッとするようなこと言ってやれ、って気持ちになる。芸能人なんか、きっとこういう気持ちがどんどんエスカレートしていって、注目されたいばっかりにいろいろやるんだろうなって思った。

タカハシ：そうね。見られていることでしか自分の存在が確認できなくなっちゃうんだろうね。

ヤ マ ダ：電話くれた時は驚いたよ。いや、そうでもないか。薄々そんな予感はしてた。スミカ、おまえんところにも行ってただろ？

タカハシ：来てはいなかったけど、無言電話とか、まあ、危ういことはちょっとあったかな。
ヤマダ：迷惑かけたね。
タカハシ：まあ、そのことも含めて、協力をお願いしたというか。ごめんね、不愉快だった？
ヤマダ：いや、いいんだ。俺のほうがよっぽど不愉快な人間だもん。
タカハシ：ヤマダ君はマトモだよ。
ヤマダ：あいつ、「死んでやる」って、言ってたんだ。
タカハシ：（ヤマダの顔を見る）
ヤマダ：リストカット症候群てやつ？　ここ数年、あまりの疑り深さに辟易《へきえき》すると、泣き喚《わめ》いて「死んでやる」。何度か病院にかつぎこまれたりもしたけど、たいしたことなかった。俺もほとほと参ってオギワラのところ通ってたし、薬も飲んでたし、もううんざりしてた。
あの日も、俺があいつの執拗《しつよう》な追及を無視してると、「死んでやる」。だから、俺、「じゃあ、死ね」って言った。

(タカハシ、カメラを気にする。ヤマダの顔をハラハラしたように見る。

しかし、ヤマダは構わない)

「ただし、頼むから人様の迷惑になるような死に方はするなよ。おまえはただでさえ迷惑な、人騒がせな女なんだから、最期くらい誰にも迷惑かけずに一人で死んでみろよ。自分に注意を引いて、構ってもらいたいだけのくせに『死ぬ、死ぬ』なんて軽々しくいうな、嘘吐《うそつ》き」。

そう言って、むしゃくしゃして外に煙草《たばこ》買いに行った。コンビニ行って、クールダウンするまでしばらく歩き回って、戻ったら、マンションの前に人だかりがしてた。

さて、これから先が不愉快なんだ。

俺、「ついにやったな」と思ったけど、「意外だな」というのが正直なところで、全然ショックじゃなかった。次に考えたことが、「まさか誰か巻き添えになってないだろうな。なにしろ迷惑な女だから、通行人の一人も巻き添えになってるかもしれない」と慌《あわ》てた。あんな馬鹿《ばか》女のために、誰かに頭を下げて補償をさせられるなんてまっぴらだと思った。そして、あいつが一人で死んだのが分かった時は、「あいつにしては上出来じゃん」。これがほんとにほんとの正直な気持ちだった。
な？　みんなに愛されて死んだ、独立独歩の、誇り高く哲学的な猫を追悼するほうがよっぽどマシってもんだろ。

タカハシ：ねえ、それってほんと？　カメラを前に露悪的な気分になって、かなり創作入ってるんじゃないの？

ヤマダ：さあ、分からない。でも、懺悔《ざんげ》ってすっきりするもんだな。今、すごくすっきりした。秘密を墓場まで持っていける人間って、本当に偉大だわ。俺にはできない。推理小説でも、二時間ドラマでも、死に際《ぎわ》とか、日本海の崖《がけ》っぷちで告白しちまうわけがよく分かった。

タカハシ：あたし、懺悔を聞くほうの気持ちが分かった気がした。こいつは重いなあ。修行を積まないと無理。

ヤマダ：ま、撮影に協力したんだから、いいじゃん。これ、どうするの？　ドキュメンタリーのほうは。

タカハシ：プライベートフィルムよ。外には出さないってば。

ヤマダ：でもさ、おまえが死んだあとで、遺族に「幻の未発表フィルム発見！」なんていって、発掘されちゃったりしたらどうする？ 大監督になってて、故郷に記念館かなんか建てられちゃったりして。

タカハシ：まさかあ。

ヤマダ：分かんねえぞ。最近、誰だろうがどこだろうが記念館造っちまうからな。なんで星の王子様とかジョン・レノンの記念館が日本にあるんだ？

タカハシ：あたし、そのうち誰かがチェ・ゲバラの記念館造るんじゃないかって思うな、原宿あたりに。Tシャツ、葉巻、帽子。ゲバラグッズがものすごく売れる。

ヤマダ：著作権料はキューバ政府に払うのか？

タカハシ：ジョン・レノンと星の王子様はともかく、あたしの記念館はダメだね。建てたはいいけど、一年くらいであっというまに人が来なくなって、赤字垂れ流して、次の選挙の時に市長が吊《つ》るしあげられちゃう。

ヤマダ：新聞の見出しが、建設業者との癒着。

タカハシ：知ってる人がつかまらないといいけどね。サトウ君の子供とかさ。
ヤマダ：「監督は、父が高校時代に映画研究会の友人でした、監督の原点は父と過ごした高校時代にあったんです」とかいって佐藤建設が受注するわけだ。
タカハシ：なんか、今、ものすごく憂鬱《ゆううつ》になった。

のんびりと袋を下げたサトウが入ってくる。

サトウ：どうだ、積もる話は。
タカハシ：ホコリ払った程度。
サトウ：お邪魔？（といいつつ二人の間に座る）
ヤマダ：ちっとも。ちょうどおまえんちの将来について話してたところだから。
サトウ：俺んちの将来？　なんで？
タカハシ：タカハシユウコについて勉強しといたほうがいいわよ。
サトウ：？？　なんで？

ヤマダ：タナカは？
サトウ：会社関係で電話してる。
タカハシ：何買ってきたの？
サトウ：おにぎり。なんか小腹が減って。
タカハシ：鳥五目ある？
サトウ：ない。鳥五目好きなの？
タカハシ：うん。色のついたご飯が好きなの。
サトウ：モノクロは嫌なわけね。
ヤマダ：ふだん、昼飯はちゃんと食えるのか？
サトウ：日によるな。おにぎりとかハンバーガーの時もある。
タカハシ：外回り多いの？
サトウ：ほとんどそうだよ。
タカハシ：靴が減るね。
サトウ：俺、変な癖があって左足の外側だけ減るんだよ（足の裏を見る）。
タカハシ：あ、ほんとだ。

ヤマダ：どうしてだろ。

サトウ：左の膝《ひざ》、潰《つぶ》したことがあるからだろうな。完全に治りきらずに固まってるんだ。

タカハシ：ずっと柔道もやってたもんね。

ヤマダ：あれ、なんか嵌《は》まってる。

サトウ：うん？

サトウ、靴の裏から何か小さなものを引き抜く。

三人、サトウの指先に注目する。

サトウ：道理で何か当たると思った。

ヤマダ：なんだ、これ。ガラス？

タカハシ：というか、プラスチック？　レンズの欠片《かけら》みたい。

サトウ：（一瞬、ハッとした表情になり、素早くポケットに欠片を入れる）スズキは？

タカハシ：うちに電話してる。ロビーで見なかった？
サトウ：気がつかなかったな。あいつも、落ち着いたみたいじゃん。
ヤマダ：落ち着いたっていうのは？
サトウ：いっとき、旦那《だんな》の事業がうまくいってなかったみたいでさ。あいつが旦那に代わって金策に駆け回ってるって話、聞いたことがある。
タカハシ：え、いつごろの話？
サトウ：結構前だな。
ヤマダ：スズキの亭主って何やってるの？
サトウ：デザイナーらしいよ、内装とかの。独立したてで、目いっぱい仕事入れたせいで本人が身体《からだ》壊しちゃったらしい。
タカハシ：知らなかった。
サトウ：駅前のいいところを事務所に借りてたのに、家賃が払えなくなって、しばらく自宅兼事務所にしてたみたいだよ。俺、知りあいの不動産屋に聞いた。
タカハシ：カナコ、結婚反対されたって言ってたなあ。

サトウ：あいつんち、堅いからなあ。フリーのデザイナーなんて、あの親父《おやじ》が許すはずないだろ。だから、親戚《しんせき》もカネ貸してくれなくて、街金に手ぇ出してるんじゃないかって噂《うわさ》もあったな。
タカハシ：娘がそんなところに借りるくらいなら、親もお金出すんじゃないの。
サトウ：スズキも結構頑固だからなあ。
ヤマダ：うちも気分転換に、スズキの亭主に頼んで内装変えてもらおうかな。
サトウ：（一瞬、タカハシと顔を見合わせて）引っ越さないのか、あそこ。
ヤマダ：売りたいんだけど、売れないだろうなあ。
タカハシ：いっそ、うんとファンキーな内装にしてもらったら。壁に富士山描いてもらうとかさ。
サトウ：銭湯かい。
ヤマダ：こないだ、ご近所に、うちのせいでイメージが悪くなって、マンションの資産価値が下がったって文句言われちゃったよ。
タカハシ：そんなこと言われたって、困るよね。
サトウ：不動産屋には、話は？

ヤマダ：話はしてるんだけど、ワケ有り物件だと、相当買い叩《たた》かれるみたいだね。まだ十年以上ローンも残ってるし、下手すりゃローンが二重になる。
サトウ：引っ越して、リフォームして、誰かに貸すってのは？
ヤマダ：それもカネが掛かる。どっちにしろ、出られない。ま、いいんだ。今はハリーとアイクがいるし。
タカハシ：（一瞬、黙り込み）誰、それ。
ヤマダ：サボテンと琉金《りゅうきん》。
サトウ：は？
ヤマダ：シャコサボテンと金魚だよ。金魚っていっても、結構でかいの。このおむすびくらいあるんだぜ。奴《やつ》、デリケートな性格なんで、今環境は変えたくない。
タカハシ：その名前がハリーとアイクなの？
ヤマダ：そう。
サトウ：ハリーはどっちだ？
ヤマダ：サボテンのほう。

タナカとスズキが戻ってくる。
タナカ、頭がボサボサである。

タカハシ：また風強くなったの？
タナカ：（乱暴に髪を梳《と》かしつけて）これは、俺が頭を掻《か》きむしったせい。ったく、あいつら、どいつもこいつも子供の使いじゃあるまいし。
サトウ：タナカ先生、ご機嫌斜めね。おにぎり食う？
タナカ：昆布ある？
サトウ：ある。昆布好きなのか。
タナカ：モノトーンの具が落ち着く。開けてみて真っ赤とか、騙《だま》し討ちは嫌だ。
サトウ：だったら、総天然色のタカハシとは暮らせないな。
タカハシ：あら、逆にお互いに無いものを補いあっていいかもよ。
タナカ：何の話だ？

みんなで袋から総菜を出し始める。

ヤマダ、立て続けに大きなくしゃみ。

スズキ：どうしたの？　アレルギー？

ヤマダ：いや。コショウかなんかのせいかな。

ヤマダ、ポケットからハンカチを取り出す。

一緒にゴルフボールが転がり落ちる。

ゴルフボールが転がり落ちた瞬間、音が消え、みんながサイレント映画のように談笑しているのみ。

タナカ、床に転がったボールを足で止め、拾い上げる。


タナカ：（客席のほうを見て）オギワラ先生、相談に乗ってくれるかい？

あれがおまえとの最後になるなんて考えてもみなかったな。

（サトウを見る）サトウの指摘は正しい。シビアな人事評定、成果主義、度重なるタフな訴訟。がむしゃらに突き進んできたけど、今、結構つらい。それでもなんとか俺のほうは持ちこたえてきたが、そのしわ寄せが行ったのは家族だ。
俺は女房が参ってることに長いこと気付かなかった。あいつがおまえのところにこっそり通ってると分かった時はショックだったよ。笑ってくれてもいい、俺は、あいつがおまえと出来てるんじゃないかと疑っていた。おまえたちが俺を裏切っているんじゃないかと思いこんでいた。いっとき、おまえのクリニックを見張るような真似《まね》もした。証拠はつかめなかったけど。

ヤマダ：オギワラ。ハリーとアイクの話、おまえにはしてなかったな。あれは、スミカがどっかから貰《もら》ってきたんだ。名前の由来は知らなかった。
それに気が付いたのは、あいつが死んでからだ。あいつが繰り返し見てたＤＶＤに、ハリウッドのミュージカル映画があって、その中でスターを目指すあばずれ女二人が歌う曲がある。それは、こんな内容だ——人生は一度きりだから、やりたい放題やったもん勝ち。それでも平凡な人生を望むのならば、ハリーと結婚して、アイクと火遊びしてなさい。あいつがこの名前を付けた理由？　さあね、いったい何が平凡な人生で、何が平凡でないのか、俺にも見分けがつかなくなっちまったからなあ。ただ、ひとつだけ言えるのは、この世で平凡が最強だってこと。だって、いつの世も、この世の大多数を占めるのは平凡な人間なんだぜ？　これほど世界に平凡な人間が繁栄してるんだから、そのことはとっくに証明されてると思う。

タナカ：今日、女房はおまえの葬式に来なかった。ショックを受けてるはずなのに、そんなそぶりは見せていなかった。あいつがおまえのところに通っていたのを、俺がまだ知らないと思ってるんだ。いや、そうじゃない。そうじゃないんだ。俺には分かる。あいつは、最近落ち着いてきていた。皮肉なもんだ、俺に隠れておまえのカウンセリングを受け、俺がおまえたちを疑っていることが、逆にあいつの自尊心を満足させているのかもしれない。もしかして、このまま黙っていることが、あいつの俺に対するささやかな復讐《ふくしゅう》なのかもしれない。おまえはもういない。きっと、俺も女房も黙ったまま、このまま歳《とし》を取っていくのかもしれない。

サトウ：よう、オギワラ、元気か？　元気かっていうのもヘンか。すまん。おまえは本当に、昔から精神的にタフな奴だった。でなきゃそんな商売やってないんだろうけど、本当に羨《うらや》ましい。今にしてみれば、俺も、もっと通っておまえに話を聞いてもらってればよかった。誰も俺の話なんか聞かない。ま、おまえもよく知ってるだろ？　カネを払わなきゃ、人は他人の話なんか聞きゃしないよ。裏を返せば、それくらい人の話を聞くってのは重労働だ。

時々、とんでもなくうんざりすることがある。前にも話したけど、営業って、ほとんど客の話を聞いてるのが仕事だ。しかも、あいつらはダラダラと自分の話をする。得意先を回ってると、相手に特定の表情が浮かぶのが分かる。ああ、俺の素敵なゲロ袋が来た、って顔さ。ゲロ袋は黙ってゲロを受けるだけ。だけど、ゲロ袋にもいろいろ大きさがある。俺のはそこそこの大きさだと思うけど、いい加減満杯なんだ。どんなに丈夫な袋でも、収容できる量を超えたら、外に溢《あふ》れ出して辺りを汚す。


スズキ：あたしがオギワラ君にお金を貸してくれと頼んだ時、オギワラ君はいいよ、と二つ返事で貸してくれた。全身から力が抜けるほどホッとしたのを覚えている。

ほんと、あの時は助かった。オギワラ君のお金が無かったらと考えるとゾッとする。

だけど、だけどね、感謝しつつもあたしはあなたを憎んでいた。あの時「いいよ」と二つ返事でお金を貸してくれたあなたを。借用書をろくに見もせず、表情も変えずに承知してくれたあなたを、あたしは憎悪《ぞうお》していた。

身勝手なのは分かっている。あなたは高校時代の友人だし、今は大恩人。だけど、高校時代の友人というだけでお金を貸してくれたオギワラ君、これから一生あたしの恩人になってしまったオギワラ君をあたしは憎んでいる。いっそ、あの時つっぱねてくれていたら。あたしを蔑《さげす》み、拒絶してくれていたら。今でもどこかでそう思う自分がいる。

ヤマダ：タカハシ、覚えてるだろ？　あいつ、映画監督になったんだ。俺たち、映画研究会で一緒だった。あいつにエキストラ頼まれた。でも、ただのエキストラじゃない。あいつ、俺たちのドキュメンタリーも撮るらしい。そのことを知らされてるのは俺だけで、他のメンバーには内緒なんだとさ。

突然、音が戻ってくる。
タカハシが八ミリフィルムを持っている。

タナカ：おい。それ、なんだ？　おい、答えろよ。

タカハシ：本当に目敏《めざと》いね、タナカ君は。見れば分かるでしょう。八ミリフィルムよ。

タナカ：そうじゃなくて、何のフィルムか聞いてるんだよ。

スズキ：ユウコ。まさか。
タカハシ：あの時のフィルム。
サトウ：どこから出てきたんだ。
タカハシ：時効だから、出てきたの。
ヤマダ：何言ってるんだか。
タカハシ：うん。もう、隠れている必要がなくなったから、出てきたのよ。
タナカ：おまえ、いったい何を企《たくら》んでるんだ？
タカハシ：何も。
タナカ：こそこそ録音したり、こんなところ借りて、俺たち集めて、こんなわけのわからん映画作って、何が目的だ。
タカハシ：だから、映画制作が目的だってば。
タナカ：決めた。今日の撮影、俺の部分はカットしてくれ。俺の出ているところはひとつ残らず。
ヤマダ：おい、タナカ。それはないだろ。
タナカ：もし、俺の映ってる部分が公開されたら、絶対に訴えてやるから。

俺、帰るぞ。金、いくらだ？　今払う。

スズキ：待ってよ、タナカ君。

タカハシ：あのね、ここ、八ミリ用の機材もあるんだよ。

他の四人、動きを止め、タカハシを見る。

タカハシ：ここで、このフィルム、上映できるんだ。

四人、タカハシの手のフィルムをまじまじと見る。

タカハシ：一緒に見てみない？　あの日、学校で何が起きていたのか。

五人、固まったように沈黙。

暗転。

第四場

別室から戻ってきたらしきタカハシ以外の四人。
所在なさげにぼうっと立っている。

サトウ：いやー、懐《なつ》かしかったなあ。
タナカ：違うだろ！　懐かしがってる場合か、あれ。
スズキ：あれって、オギワラ君だよね、どう見ても。
サトウ：でも、あそこに映ってたからって事件の犯人とは限らんぜ。
タナカ：じゃあ、なんでオギワラが鍋《なべ》運んでるんだ？
サトウ：片づけてやろうとしたんじゃないのか。
スズキ：みんなが苦しんでるのに？
ヤマダ：でも、あのあとずっと俺のそばにいたのになあ。
スズキ：なんて言ったんだっけ？

ヤマダ：俺が、食中毒ってこえーな、て言ったら、食中毒にしては症状が出るの早いなあ、って。
サトウ：ほら、犯人だったらそんなこと言わないよ。
タナカ：犯人だから言ったってことはないのか？　自分のやったこと、みんなに知らせたかったんじゃないか？
ヤマダ：あいつの部屋、薬の本がいっぱいあった。
サトウ：医学部志望だったんだろ。本くらいあるさ。
スズキ：薬に興味があったんなら、もしかして。
タナカ：実験したのかもしれない。
サトウ：オギワラはそんなことしないよ。
タナカ：試してみたかったのかも——自分が調合した薬の効果を。
サトウ：あのなあ、あんな商売、よほどの人格者じゃないとやってられないぜ。人の話、毎日毎日、一日中聞いてるなんて、とっても。
スズキ：でもさ、あたしね、ほんとのことというと、オギワラ君が死んだって聞いた時「やっぱり」って思ったんだ。「やっぱり」、殺されたんだって。

タナカ：なんか、分かる気がする。
スズキ：あの人、昔から立派すぎたのよ。頭いいし、いつもニコニコしてるし、同い歳《どし》だと思えなかった。こっちが卑屈になっちゃうようなところ、なかった？
サトウ：でも、世話になったんじゃないの？
スズキ：なってたから、余計よ。そりゃ、おカネ借りてたし、大恩人だけど。もう返したよ、大部分はね。だから、借りてたこと、いつまでも引け目に思いたくないの。
タナカ：あいつ、他人に引け目感じさせるのうまいんだよ。
サトウ：それをヒガミともいうぜ。
タナカ：うちのカミさん、あいつんところ通ってたんだ。
ヤマダ：カウンセリングに？
タナカ：おかしいだろ、俺、あいつとの関係、疑ってたんだぜ。
スズキ：まさか。
タナカ：俺、ほとんど家にいないからな。あいつに引け目感じてた。きっと、俺とカミさんの一年の会話より、あいつとカミさんの話してた時間のほうが長い。
サトウ：（俯《うつむ》きがちに）あいつ、親切だったよ。タフだし。
スズキ：他人に興味がないから親切にできるのよ。
ヤマダ：いや、他人にはすごく興味があったんじゃないかな。それも、純粋な好奇心というか、感情を伴わない興味。だから、ああいう商売を選んだんだ。
タナカ：それにしても、タカハシ、いったいどういうつもりなんだ？　なんであいつがあんなフィルム持ってるんだよ。
スズキ：よく分からない。時効になったから出てきたとか、ヘンなこと言ってたよね。自分で自分のフィルム盗んだってこと？
タナカ：あいつ、オギワラと親しかったのかな？　おまえ、なんか知らないのか？
ヤマダ：知らないよ。
サトウ：ひょっとして、オギワラのほうとできてたのか？　おまえはカムフラージュ？
ヤマダ：んなあほな。

機材を片づけ終わったタカハシ、戻ってくる。
タカハシは白い手袋を着け、フィルムを持っている。

タナカ：おい、あれ、本物なのか？
スズキ：あたしたち、映ってたじゃない。去年亡《な》くなったウエダ先生も。
タナカ：いや、今は映像技術が進歩してるから、何か細工したんじゃないか。
タカハシ：細工なんかしてないよ。
ヤマダ：どこから出てきたんだ、あのフィルム。おまえが隠してたのか？
スズキ：ひょっとして、ユウコ、このことを知ってて、フィルムを盗まれたことにしたの？
サトウ：オギワラをかばったのか？
タカハシ：ちょっと違う。
タナカ：ひょっとして、おまえら共犯だったの？
タカハシ：違うの。

あたし、現場に居合わせたんだ。最初、誰なのか分からなかった。ロッカーガサガサ探す音がして、踏み込もうとしたら気付かれて、そいつ、窓から飛び降りた。引き出し広げっぱなしになってたから、何を盗《と》られたのかすぐに分かった。あたし、待ってて言ったの。それはあたしが一度しかない高三の夏休みを使って撮った大事なものだから、返してって。あなたが誰か知りたくないし、そこに置いていってくれたら誰にも言わないからって。そいつ、窓の下で、あたしが必死に頼むのをじっと聞いてた。でも、逃げちゃった。

次の日、下駄《げた》箱の上履きにメモが入ってたの。「十五年経《た》ったら返す」って、それだけ書いたメモ。

あたし、本当に忘れてたの。すっかり、ずっと。そしたら、少し前に、実家から電話があったの。あたし宛《あ》てに荷物が来てるって。うちに転送してもらった。差出人は適当な名前になってたの。でも、その字に見覚えがあって。

タナカ：――十五年で時効になったから？

スズキ：本当に、返して寄越したんだ。
ヤマダ：なぜ、それを今日俺たちに？
タカハシ：オギワラ君が、死んじゃったから。

沈黙。
タカハシが白い手袋をはずす。

タカハシ：フィルム、ずっと箪笥《たんす》の隅に入れっぱなしにしてた。でも、今朝、そうか、今日って、オギワラ君のお葬式なんだなあ、ここに映ってる彼は、もういないんだなあって思ったの。それだけ。
ヤマダ：(ぼんやりと自分の手を見る)肉体が消滅しちゃうって不思議だよな。写真は笑ってるし映像も残ってるのに、もう現物のほうは跡形もないなんて。
タナカ：優秀な脳みそもな。
サトウ：死んだ気しないな。その辺、涼しい顔して歩いてそうな気がする。

スズキ：もう、歳取らないいんだね。
サトウ：まさか自分がこんなオヤジになるとは思わなかったなあ。三十歳になるってことだって信じられなかったのに。
スズキ：きっと、いつまでも実感がないまま年寄りになってくんだよ。
サトウ：ちぇっ、俺ももう少しあいつにゲロ吐いてりゃよかった。あんなにでかいキャパのゲロ袋だったら、俺が多少わめいても平気だったろうに。
タナカ：死んじゃうと、優しくなれるもんだな。俺、あいつとカミさんのこと疑ってるなんて、あいつが生きてたら絶対口に出せなかった。
ヤマダ：なんのかんのいって、ここにいるヤツ、みんなオギワラの世話になってない？
スズキ：感謝してるわよ。今なら素直に言える。
タカハシ：犯人、つかまるかなあ。でも、ゆきずりの強盗に殺されちゃうっていうのも、なんだかオギワラ君ぽい気がする。
サトウ：明日、お客の家に謝りに行かなきゃならないんだ。
タナカ：なんで？

サトウ：お客のメガネ、思いっきり踏み潰《つぶ》しちゃってさあ。
タナカ：しょうがないじゃん。
サトウ：いや、故意にやったんだよね。あんまり嫌な奴《やつ》で、床に落ちてたから、思いっきりバキッと。
スズキ：あーららら。
ヤマダ：ひょっとして、さっきの、靴に刺さってたやつ？
サトウ：粉々。申し訳ございませーんと言いながらも、顔が笑ってたりして。すげー、険悪。上司、真っ青。

みんな、くすくす笑う。

タナカ：謝って済むならいいじゃん。俺なんか、明日、裁判所だぜ。
サトウ：たいへんだね、窓口は。
タナカ：俺が訴えられてんの。
タカハシ：『そして人生はつづく』。

スズキ：なにそれ。
タカハシ：映画のタイトル。
スズキ：確かに、お葬式があっても、裁判があっても、子供が学校行きたがらなくても、毎日人生は続くわね。
タカハシ：コウタくん、そうなの？
スズキ：うん、ちょっとね。明日、担任がうち来るんだ。
サトウ：（欠伸《あくび》）
スズキ：そろそろ、ね。
タカハシ：うん、片づけようか。
タナカ：もう撮りたいところは撮ったんだろ？
タカハシ：おかげさまで。
スズキ：タナカ君のところはカットだから。
ヤマダ：荷物、向こうだよな？
サトウ：俺、トイレ借りる。

みんな出ていく。ヤマダ、出ていきかけて残る。

ヤマダ：どうして今日のこと、俺にだけ教えてくれたんだ？

タカハシ：（微笑《ほほえ》む）あたしね、最近全然泣いてないの。

ヤマダ：（きょとんとしてから、思い出したように）前にも、同じこと言ったな。

タカハシ：うん。あのあと、一人で映画観《み》にいった。

ヤマダ：泣ける映画？

タカハシ：ううん、『グレートハンティング2』。それしかちょうどいい時間のがなかったんだもん。

ヤマダ：（くすくす笑う）おまえらしいな。俺も、最近泣いてない。泣ける映画、観に行くか。

タカハシ：うんと笑えるのにしてよ。

ヤマダ：考えとく。

タカハシ、一人残される。

タカハシ：いつごろからだろう、現実というものについて考え始めたのは。

初めて映画館に行った時？　最初に観た映画は何だったっけ？

映画の中で死んでしまった俳優が、次の日また別の役で、別の映画に出ているのを見てとてもびっくりしたのを覚えている。

四角いスクリーンの中では、別の時間が流れている。別の時間の中で、別の現実を造る。それをなりわいにしていると、時々ヘンな気分になる。あたしがどの現実を生きているのか分からなくなる。タカハシユウコの人生のほうが借り物で、作っている現実のほうがほんとのような気がする。

もっとはっきり言えば、映されたもの、フィルムに焼き付けられたものでなければ、あたしにはリアルを感じられないのだ。ファインダー越しに見たものを記録しなければ、それが自分の体験したことだと信じられなくなってしまった。

スタジオを借りて、昔の友人たちの会話を撮る。こうしておかなければ、あたしは彼らに会ったことを実感できない。残しておかなければ不安になる。残していないものは、ほんとうにあったことなのか分からない。映したものは、とっておかなきゃならない。

あたしは気づいている。きっと、その始まりはこのフィルムなんだと。あの日、あの出来事を無意識のうちに撮って、放課後の部室で、一人で見た時から始まったんだと。あの日から、あたしは記録されたもののほうにリアルを感じるようになってしまった。

あたしの人生も、誰かがフィルムを回してくれればいいのに。そうすれば、これが自分の人生だと実感できるかもしれないのに。

みんな、帰り仕度をしてぞろぞろ入ってくる。

サトウ：（香典返しの紙袋を見る）俺たちって、実は葬式帰りだったのね。

スズキ：結構飲んじゃった。明日からまたダイエットしなきゃ。

タナカ：次回の日程、決めとく？

撤収の準備を始める五人。

退出しかけたサトウ、ふと、客席にある（はずの）カメラに目を留める。

サトウ：（自分の服を見て、カメラのほうを見る）葬式って、一種のコスプレなんだな。

スズキ：（カメラを見る）喪服は舞台衣装？

タナカ：実際、演技するもんな。

タカハシ：（椅子《いす》を片づけながら）そう。主役は亡くなった人のほう。あたしたちは脇役《わきやく》。みんなで悲しみと記憶を共有する。共同幻想、一種のファンタジーね。

ヤマダ：ドキュメンタリー風の、ね。

暗転。

FIN

キャラメルボックス　２００７チャレンジシアターVoL.5

「猫と針」

作　恩田陸

演出　横内謙介

CAST

タナカ ユキオ　岡田達也

スズキ カナコ　坂口理恵

タカハシ ユウコ　前田綾

ヤマダ マサヒコ　石原善暢

サトウ ケンジ　久保田浩

チェロ演奏　海老澤洋三／白佐武史／関原弘二

東京公演

二〇〇七年八月二十二日（水）～九月九日（日）俳優座劇場

福岡公演

二〇〇七年九月十三日（木）～十六日（日）西鉄ホール

STAFF

美術　秋山光洋

照明　佐藤公穂

音響　青木タクヘイ（ステージオフィス）

舞台監督　村岡晋／田中政秀

衣裳　中村恵子

小道具　伊藤ひろみ

照明操作　勝本英志

音響操作　鈴木三枝子（ステージオフィス）

演出補　白井直

小道具協力　高津映画装飾株式会社

大道具製作　C-COM

宣伝デザイン　鈴木成一デザイン室

宣伝写真　田村昌裕

宣伝スタイリスト　中村恵子

宣伝ヘアメイク　山本成栄

舞台写真　伊東和則

製作総指揮　加藤昌史

プロデューサー　仲村和生／岡田達也

企画・製作　株式会社ネビュラプロジェクト

『猫と針』日記

さて、現在、二〇〇七年の年の瀬である。

初めて書いた戯曲『猫と針』の公演が終わって、はや三か月が経《た》つ。

『猫と針』を書くに至ったきっかけは、数年前、『チョコレートコスモス』という、芝居をテーマにした小説を週刊誌に連載したことだった。芝居はそれなりに観《み》ていたものの、どこか稽古《けいこ》から公演まで見せてくれる劇団はないか、という話になり、担当編集者がスタッフを知っていた演劇集団キャラメルボックスの稽古を見せていただいたのだ。

役者やスタッフの皆さんにアンケートを書いてもらったり、立ち稽古を見せてもらったりした。そんなこんなでつきあいができ、いつのまにか芝居を書くことになっていた、という感じである（「『猫と針』口上」参照）。

『猫と針』を本にしていただけることになり、この戯曲にまつわる顚末《てんまつ》を長めのあとがきに書くことになったのだが、パソコンの前で固まっている。

戯曲を書いていた時のことが綺麗《きれい》さっぱり記憶から消えているのだ。

スタッフとのやりとりや公演が始まってからのことは覚えているのだが、実際に書いている作業中の具体的なところがすっぽり抜け落ちているのである。人間、あまりにもひどい目に遭うと、記憶からその体験を抹消したり、その記憶を引き受ける別の人格を造り出すというが、よっぽど初戯曲を書くという体験は恐ろしかったらしい（「戸惑いと驚きと」参照）。

それからというもの、彼女は何も喋《しゃべ》らず、ひと月で髪が真っ白になってしまいました。彼女がいったい何を見たのか、それは誰にも分かりません——

というわけにはいかないので、日記の抜き書きと手帳を頼りに当時の状況を再現してみる。

（※『猫と針』という芝居にはいろいろ仕掛けがあるので、本文を読んでからこれ以降の文章を読むようにお願いします。この先、ネタバレがあります）

二月五日　横内氏と初顔合わせ。近所で二時間ほど飲む。海外旅行本読みコワクなっ

て一人ずっとかたまっている。本当に行けるのだろうか？　耐えられるか？

演出を引き受けてくださった横内謙介さんは、NHK BS2「深夜劇場へようこそ」という番組の司会で一方的に存知上げていたが、TVの印象では繊細な文学青年、という趣だったので、実際お目に掛かったら、非常にあっけらかんとした気さくな人で驚いた。

しかし、この初顔合わせの時、申し訳ないが、実は私の頭は別のことで占められていた。三月に仕事で中南米に行くことが決定し、少しずつ出発の日が近づくにつれ、十一回も飛行機に乗らなければならないという恐怖が定期的に襲ってきていたのである。私は大の飛行機嫌いなのだ。

二月十九日　『猫と針』チラシ打ち合わせ。鈴木氏と一緒に新宿まで戻る。幅広の帽子、虫よけスプレーなど買う。

今回、チラシとポスターのデザインをお願いした日本一忙しいブックデザイナー鈴木成一さんは「いつできんの。早く読ませてよ」と無表情に催促するのだが、八月公演の芝居が二月に出来ているはずがないじゃありませんか。そして、出発日の三月三日が近づくこの日も、私は完全に中南米行きに気を取られているのであった。

五月二日 『猫と針』叩《たた》き台書いて五時にメール。新中野に行き、読み合わせ聞いて冷や汗タラタラ。

無事中南米から帰還したものの、当然前後の仕事に多大なしわ寄せが来ており、書いても書いても仕事が終わらない。第一、中南米紀行の原稿で三冊の本を作らなければならず、連休中もその原稿に追われていた。しかし、この日、ともかく最初の部分を役者の皆さんに読んでもらうという企画があり（実際に演じられたのとは異なるバージョン）、自分の書いた台詞《せりふ》を初めて役者に読んでもらうという経験に大いにびびった。いたたまれない。本当に、ダーッと全身冷や汗。恐ろしい。この日は関西在住の久保田さんの代わりに西川浩幸さんが入ってくれた。役を交換して何度か読んでくれたのだが、自分では「説明的な台詞」と「自然な台詞」と思って書いた台詞が、実際には逆に聞こえることに驚く。このことには、このあと戯曲を書いているあいだじゅうずっと悩まされることになる。

六月十二日　新中野で新聞系いろいろインタビュー受ける。この外堀の埋められ方はスゴイ。

チラシとチケットの印刷見本を手にした時には、本当にびびった。いや、チラシはともかく、チケットの見本には愕然《がくぜん》とした。まだこの世に存在しないものを買っていただくのである。その責任は私にあるのである。『猫と針』を集中して書きたいのだが、六月は季刊誌の連載が普段より三本増え、年に何回かある締切惑星直列なので、なかなか集中的に時間が割けない。

鈴木さんのチラシとポスターは、実に完成度が高い。「不穏な感じで」とお願いしていたが、それが完璧《かんぺき》に表現されている。背景のグレイが綺麗《きれい》。驚いたことに、五人の写真は合成で、それぞれがいちばん「不穏」と思える表情を選んで一枚にまとめているのだそうだ。鈴木さんが作ったロゴもさすが。

六月二十五日　シネクイントで『キサラギ』観る。あとあじサワヤカで『猫と針』とは競合せずホッ。

『キサラギ』は、男性五人が喪服で登場する密室劇、という映画で、監督もほぼ同年代、やはりタランティーノの『レザボア・ドッグス』が念頭にあった、というのを聞いていて内容がかぶったらどうしようと気にしていたのである。しかし、とてもほのぼのした気持ちになる映画だったので、安堵《あんど》した。

キャラメルボックスは、爽《さわ》やかな芸風が持ち味である。親子で観に行ける、青春群像が定番だし、まっとうで健全な芝居が主流である。だから、普段の彼らがやらないような、邪悪なものをやってもらおうと思っていたのだ。

しかし、他の映画観てる暇があるんなら原稿書けよ、と今ならば突っ込みを入れるところであるが、当時の私はかなり追いつめられており、あまり合理的な行動を取っていない。しかも、私はこの時、今度はトルコ共和国への取材旅行を控えていた。また飛行機に乗るという恐怖と、小説で貰《もら》った賞の授賞式で一日中お辞儀していたらひどい腰痛になってしまい、経験したことのない痛みに困惑していたのである。

「トルコに行く」とメールで知らせた時、大抵のことには動じないプロデューサーの仲村氏が初めて不安そうな返事を寄越したことを覚えている。

七月十六日　この書けなさはいったい何なんでしょうか？

恐ろしい記述である。トルコからは無事に帰ってきたが、あらゆる原稿が進まない（『猫と針』含む）。そして、公演一か月前がじりじりと迫っているのである。

七月二十三日　新宿で仲村氏、岡田氏、横内氏と会う。芝居って体育会系文化部。いろいろびっくり。みんなでケータイメルアド交換。東京公演完売。マチネも全部。うーコワイ六〇〇〇席。思わずプレッシャーに負けて家帰ってビール飲んでしまう。

そして、公演一か月前。プロデューサー、役者、演出家と私は顔を合わせるのであった。もちろん、この時点でまだ戯曲は完成していない。危機感を覚えた横内氏も仲村氏も「相談して」と繰り返すのだが、私には何を相談したらいいのかさっぱり分からないのである。普段、小説を書く時も内容を誰かに相談したことがないので、いったい何をどう相談したらいいのか思いつかない。高校時代、教師は「質問して」と言うけれど、あまりにも理系オンチだった私は、数学や物理など何を質問したらいいのかさっぱり分からなかったのだが、当時のことを思い出したほどだ。岡田氏が「どんどん直していいんで、とにかくできたものをください。一回覚えたものを捨てて、もう一度覚え直すのには慣れてますから」というのにも驚く。芝居は共同作業なのだ、ということを改めて考えた。

七月二十六日　ひたすら『猫と針』。第一場前半メール。

七月二十八日　ひたすら書いて夕方第一場残りメール。こんな展開とは！　どーすんだ第二場。

習慣というのは恐ろしいものである。連載小説は「引き」が命。次回への期待を持たせるために、先のことを考えてもいないくせに最後で意外な展開にしてしまう、という習慣が身体《からだ》に刷り込まれているのだ。それが今回もしっかり踏襲されており、第一場のラストを書いた時も、実はあまり先のことを考えていなかった。

七月三十日　第二場前半メール。けっこう書いていて面白い。でもみんなが面白いのかは分からない。

七月三十一日　夕方、「鍋《なべ》が二つあったの」でものすごく怖くなる。久々、ゲンコー自分で書いてて怖かった。

日記で見る限り、書いていて楽しい瞬間も少しはあったらしい。「鍋が二つ」の時のことは覚えている。たまに自分が書いた文章にゾッとすることがあるのだが、久し振りにその感覚を味わった。この時はとても怖くて、なぜか家の中をきょろきょろ見回し、何かが隠れているような気がして歩き回っていた。

八月二日　井上先生の『ロマンス』明日が初日で脱稿きのうというのに勇気づけられ……ていいのか？

初日がずれたりすることで有名な井上ひさし先生の新作『ロマンス』は世田谷パブリックシアターでの公演で、傑作との呼び声高かったが、私は観に行けなかった。それにしても、藁《わら》にもすがる気持ちなのは分かるが、あんな大作家と自分を比べるなんて図々《ずうずう》しいにもほどがある。実は、最初はこぢんまりした劇場ということで第一候補にシアタートラム（世田谷パブリックシアターと同じ施設内にある）を希望していたのだが、先に別の公演が入っていて、押さえられなかった。もしシアタートラムで『猫と針』を掛けていたら、同じ施設内で揃《そろ》って初日の危機を迎えていたのかもしれない（笑）。

八月四日　どの時点に何を相談したらいいのか分からない。

稽古をする時、スタッフは厳密に上演時間を計っている。この時、第一場と第二場で結構時間が掛かっているので、上演時間を九十分前後にするためには、残りを短めにしてほしい、という指示があったようだ。あまり長すぎない一幕物、というコンセプトは、この戯曲の外せない方針であった。

八月五日　『猫と針』第一稿脱稿しメール。

八月六日　猛烈な胃痛。猛暑。ヨロヨロ新宿へ。三十分で納めようとするとこうなっちゃうのよ。

しかし、素直に短く納めた結果、面白くなくなってしまった。仲村氏と横内氏に呼び出され、新宿でその旨《むね》を伝えられる。第一場と第二場の「恩田カラー」が第一稿の第三場以降には欠けているというのであった。

というわけで、第二稿を書く。もっとも、書き直すのは第三場以降。とにもかくにも第一稿を上げたことで、気分的には少し楽になった。

八月十三日　朝二時間寝て第三場残り書いて一時にメールしてまた二時間寝て鼻血出るし暑いしそれでも緊張感途切れず『猫と針』第二稿ラストまで書いて六時半メール。夜、仲村氏、横内氏、白井氏ジョナサンまで来て打ち合わせ。ホント、芝居の人は腰は低いが押しは強く、細かいけど神経質じゃない。つよい。

第二稿、自分としてはよくなったと思っていたのだが、ここでまた問題が。

これも意外だったのだが、モノローグは役者にとってきついというのである。私は、一人一人にかっちり見せ場があるモノローグのほうが覚えやすいと思っていたのだ。だから、第四場にそれぞれのモノローグをふんだんに盛り込んでしまったのだが、確かに見せ場ではあるが、初日まで十日を切ったこの時点では、会話よりもきついとのこと。
プロデューサーと演出家と演出補が稽古《けいこ》のあと、近所のファミリーレストランまで来てくれ、第四場を役者たちがエチュード（即興で作り上げる芝居）でやってみるので、それを参考に直せないかという申し出を受ける。芝居の人は、さんざん修羅場をくぐっているせいか、実に柔軟で強靭《きょうじん》なのに感心する。関係ないが、横内さんは武満徹《たけみつとおる》の若い頃に似ている。歳《とし》を取ったらああいう顔になるのかなあ？

八月十四日　新中野行き第三場とエチュード見て（意外と冷静に見られた）第四場打ち合わせ。うち帰って落ち込み。第四場直す。

翌日、役者たちのエチュードを見る。
興味深い。考えてみれば当然だが、彼らは、その役を演じ、その役になっているので、戯曲がなくともちゃんとその役の人間の会話をするのである。解決すべき疑問点と、会話に盛り込むべき内容の希望リストをもらい、持ち帰って再び直し。

八月十五日　連日すさまじい暑さ。ラストのタカハシとヤマダの会話思いつき活路。第四場直し十五時メール。

タカハシとヤマダの二人きりの会話が欲しい、という希望は強かった。当初はなかったその場面を作る。この二人の会話を思いついたところで「終われるな」と思った。これにて最終脱稿。

八月十九日　暑い。ゼリー持って新中野に立ち稽古見にゆく。はじめて通しで聞いたので客観的判断できず。面白いのかどうか分からん。

「面白いのかどうか」はとうとう最後まで分からなかったような気がする。

八月二十一日　六本木俳優座で通し稽古。さらっとざらっと一〇〇分。これが今の私の限界。

舞台セットに感激。まだ「登場人物たちがいるのは、実はスタジオ」というのを知らない時から、この白いセットのデザインが決まっていたそうで、偶然にみんなで驚いたそうだ。チェロが入るとぐっと雰囲気が出て素敵。

八月二十二日　俳優座へ。記念撮影してゲネプロ。ヤなかんじ。落ち込む。超手持ち無沙汰《ぶさた》いたたまれぬ時を過ごし、あきらめて客席へ。本番は落ち着いて観《み》られた。お客さんが協力的で助かったが、まだ面白いのかどうか分からん。甘太郎で打ち上げ。

ついに初日である。

ゲネプロというのは関係者が観るせいか、皆斜《はす》に構えたところがある。そのため、反応がよく分からず、「もしかしてものすごくつまらないのでは」と落ち込んだ。

初日本番までの数時間は、これまでの人生でいちばんいたたまれない時間だった。何もすることもなく、手伝えるわけでもなく、かといって逃げるわけにもいかない。胃が痛むので何か入れなければ、と俳優座の向かい側にあるプロントでひっそり「タラコとじゃこのスパゲティ」を食べる。お花は来るし、お客さんも来るし、あまりの恐ろしさに「あたし帰る」と逃げ腰になっていると、「いけません！　あたしたちだって怖いんですから」と前田綾ちゃんにたしなめられ、自分の小心さにますますいたたまれなくなる。
が、開演ぎりぎりに用意してもらった席に着くと、意外に冷静。初日ということもあって、お客さんにキャラメルボックスファンが多く、岡田達也の初座長公演を楽しもうと協力的だったように思う。反応は上々で、とにかくホッとした。
落ちなくて本当によかったー。

八月二十九日　権八で中日打ち上げ。

横内さんいわく、「ちょくちょく公演を観て、どんなふうに変わってくか見たり、気になるところがあったら変更してもいいんだよ」とアドバイスを受けるも、相変わらず書かねばならない原稿がいっぱいあってなかなか劇場に足を運べない。招待した編集者たちの感想はマメにリサーチしていたのだが。最も多かった感想は、「恩田さんの小説がそのまま動いてるって感じ」であった。これは、横内さんたちスタッフにも言われていたことであって、「やっぱり小説っぽいんだよね」と何度も言われたが、それがどこなのかは私には分からないのである。

八月三十一日　明け方帰ったら謎《なぞ》の留守電が。誰？

友人の個展のレセプション・パーティプラス飲み会から帰ったら、名前の入っていない謎の留守電が。後で判明したのだが、これは鴻上尚史《こうかみしょうじ》さんからの電話であった。観てくださった鴻上さんの感想も「小説を書く人の芝居だなあ」というもので、やっぱり私にはそれがどこなのか分からないのであった。

九月六日　台風接近。でも、夜の公演のキャンセルはほとんどなくお客さん来てくださったそう。腰痛と腹痛がここ数日治らない。

家で仕事をしていても、自分の書いた芝居を劇場で上演しているというのは奇妙な気分である。身体《からだ》の一部は劇場にいるようで、なんだか落ち着かない。台風が関東上陸というので、TVは脅しまくっている。お客さんに事故でもあったらと思うとまた胃が痛む。仲村氏にメールをすると、キャンセルは数件で、ほとんどのお客さんが来てくれたとのこと。やっぱり生モノの芝居は、むろんそこがよいのだが、作者の精神衛生上は、よくない。

九月九日　東京公演千秋楽。役が育ってうれしい。大入袋出てヨカッタ。

結局、東京公演は初日と千秋楽しか観られなかった。

個人的には「グレートハンティング2」で笑ってくれる人が少なくて淋《さび》しい。もっとも、そもそもこれで笑える人は限られると思うが（かつて、ほんの短い期間、残酷系ドキュメンタリー調映画というのが流行《はや》ったのである。昔、水戸の二番館では『ラ・ブーム』と『食人族』を二本立てにしていて、これを両方観る人はどんな人だろうと看板を前にびびったものである）。

千秋楽は落ち着いて、余裕を持って観られた。役者さんたちがすっかりキャラクターを自分のものにして、公演中に育ててくれたからだろう。感謝、感謝である。最後に挨拶《あいさつ》する。横内さんに「ここで立ってお辞儀ね」など、幼稚園の卒園式のように指示してもらえて助かった。

新宿で打ち上げ。稼働率《かどうりつ》一〇五パーセントというのが嬉《うれ》しい。

初日が終わった時、横内さんをはじめ数人に、第四場の「直してほしい・解決してほしい点のリスト」を私が全部解決してきたことに驚いたけれど、そのことで第四場の「恩田色」を薄めてしまったかもしれないね、と言われた。

確かにそうかもしれない。でも、あの時点では私にはあれが限界だったのだとも思う。あの時の役者さんたちのエチュードのおかげで、『猫と針』は終われたのだ。つくづく、『猫と針』は、スタッフや役者の皆さんに下駄《げた》を履かせて貰《もら》って形になったのだと思う。

もし将来再演することがあれば、第四場はコテコテの「恩田色」に直して別バージョンにすることになるであろう、とこの東京公演打ち上げで予言し、すぐに後悔する。こうしてまた自分の首を絞めることになるのだ。

九月十六日　西鉄ホール、福岡公演千秋楽。キンチョー。握手ぜめであせる。雨の中、太宰府天満宮へ。締切守れるよう、アタマよくなるよう祈る。打ち上げでボロボロ。

いちばん最後の公演はマチネであった。

前日の午後に新幹線で博多入りし、博多の友人とたらふく飲んで（熊本から、梶尾真治さんも来てくださいました）、翌日マチネで最終公演を観る。個人的には、東京公演千秋楽がいちばん好みだった。福岡公演では、土地柄に合わせてか、あまりにみんなのキャラが立ちすぎていたのではなかろうか——私はもうちょっとフラットでもよかったのだが。

みんなが西鉄ホールから撤収するあいだ、一度行ってみたかった太宰府天満宮へ行く。おかしな天気で、参道で大雨に降られ、そのあと電車で博多に戻る途中、夕陽が厚い雲の間から妙な具合に反射してものすごく変な色になり、博多の街全体が気味の悪い黄土色に包まれた。気象台に、地震か何かの前兆ではないかと問い合わせが殺到したらしい。

中洲《なかす》での打ち上げは最高だったが、翌日の二日酔いは最悪であった。

暑い暑い夏、長い長い夏がこうして終わった。

次回作は？

よくこう聞かれたし、今も聞かれる。

「うーん」と苦笑し、ほとぼりが冷めたら、と答えている。

なにしろ、お芝居は、書いているあいだだけでなく、心理的な拘束時間が長い。公演初日から千秋楽まで、全く終わった気がしなかったからだ。小心者の私には、こんなことに何度も耐えられそうにない。しかし、人間は忘れる動物である。きっといつかはこの恐ろしさを忘れ、もしかするとまた戯曲を書くやもしれない――と、日記には書いておこう。

二〇〇七年十二月

恩田陸

この作品を上演する場合は、恩田陸、並びに㈱ネビュラプロジェクトの許諾が必要です。必ず、上演を決定する前に下記まで書面で「上演許可願い」を郵送してください。無断の変更などが行われた場合は上演をお断りすることがあります。

〒一六四-〇〇一一
東京都中野区中央五-二-一　第3ナカノビル
株式会社ネビュラプロジェクト　『猫と針』上演許可係

僕らはいない作家の話をしていた

横内謙介

戯曲の完成が大いに遅れた。

でも書けなかったのではない。この作品に取り掛かる順番がなかなか巡ってこなかっただけだ。この時、小説家は忙し過ぎた。

台本は以前渡された冒頭シーンの試作、数ページ分しかないけど、そしてそれはたぶん変わると思う、と作家は言ってるけど、それを手掛かりに舞台美術の打ち合わせをしなきゃ進行が間に合わない、ということが分かってスタッフ一同頭を抱えていた頃、『猫と針』日記によれば当の作家はトルコ共和国を旅していたようだ。本作にはトルコのことなんか微塵《みじん》も出てこないから我々の舞台とはまったく関係のない旅であったことは疑いない。で帰国したら、真っ先にこれに取り掛かってくれるのかと思ったら、その前に待たせてある原稿が幾つかあり、トルコのこともちょいとまとめなくちゃならぬらしい。その時点で稽古開始まで十日ぐらいしかなかった。

即刻、恩田陸を拉致《らち》監禁しろと、仲村プロデューサーに命じたのは決して冗談ではなかった。自分も劇作をする経験から言って、この時期に一行もないというのは尋常ではない。

しかし我々はやがて小説家の底力を知る。この作家がひと度、執筆に取り掛かってからの進行は尋常を超えて早かった。毎日十ページほどが送られてくるのであるが、そこを稽古していると、翌日にはその続きが送られてくる。それが一晩で書いたとは到底思えぬ分量と展開である。一晩の仕事としても、じゃいったいいつ寝るんだという話だ。

たまに送信が途切れることもあった。さすがの恩田も行き詰まったか、と思ったら、その間は短編小説を書かなきゃいかんという。

実は作家は鼻血を出しつつ二時間の仮眠を繰り返して闘っていたのだと、我々は後に日記で知ることになる。しかしその時は、そんな苦労なんか微塵も感じさせぬ怒濤《どとう》の快進撃と思えた。

流行作家というのは凄《すご》いものだねえ。こうやって荒稼ぎするんだねえ。

人はその場にいない人の話をする、というテーマの芝居を稽古しつつ、我々はその場にいない恩田陸の話を呑気《のんき》にしていたものだ。話される側の真実など知らず、いない人のことを話す者らは、いつも無責任で残酷なものである。

無責任ついでに、原稿が届き始めてからの我々は、続きをワクワクして待つようになった。というのも送られてくる原稿はいつも、これからどうなるんだろう？ という良いところで終わり、翌日届くその続きは、エッこうなっちゃうの！ という驚きや裏切りで始まっていたからだ。まるで稽古場に届く連載小説だったのである。

実際、我々は稽古始めの頃は、そこが実はスタジオなんだと知らず、実は撮影されているのだとも知らず、ただ葬式帰りの同級生たちが集まって会話しているのだと信じていたのである。それが後に届いた原稿で、あっさりと裏切られる。当然、プランも練り直しだ。

だってこちらは、映画の撮影なんてぜんぜん聞いてねーよ、なのだから。

普通芝居というのは、起きるドラマを全部知った上で、どうするか逆算して創《つく》り上げていくものである。それがこの芝居では、我々は登場人物たちと、或《あ》いはこの芝居を初めて観《み》る観客たちと、歩みを等しくして奇妙な出来事と出会いつつ舞台を作ってゆくようなハメに陥ったのである。

だが、この過程で面白かったのが、そうやって皆がラストの運命を知らぬまま稽古をしているうちにも、俳優たちの中にはそれぞれの役の実感のようなものがしっかり芽生えていったことである。そうなった理由は、恩田陸の台詞《せりふ》が極めて自然に書かれていて、俳優たちのカラダに無理なくしみ込んでいったからだ。

日記にも書かれている、ラストの展開を巡る恩田さんとのやりとりで、各人別個に語り倒す長い独白よりも、このままスリリングなダイアローグを続けて終わらせて欲しいと僭越《せんえつ》なリクエストを稽古場から届けたのも、単に長い独白が大変だという以上に、その時、すでに俳優が交わし合うセリフを通して役を生き始めていたという事情が大きい。稽古場チームはそれまで通りの自然なセリフが恋しかった。

舞台を見た知人の感想に多かったのが、話はとても不可解なのに、登場人物は極めて自然に生きていた、というものだ。もっと乱暴な感想では、訳わかんねえけど、引き込まれたなあ、みたいな。

この戯曲は俳優のカラダに無理なく入ってくる台詞だけで出来ている。これは恩田陸初戯曲にしての目覚ましい成果である。

そんな台詞に加えて、人を異界に連れ去る語り部としての天性も発揮されていることは言うまでもない。実を言えば戯曲も実際の舞台も、逆算が利《き》いていない結果、冷静に考えると矛盾だらけのものだ。しかし恩田陸独特のイメージと言葉の紡《つむ》ぎ出しが、連載小説的に我々を徐々に異界に引き込み、後戻りを許さなくしている。だからこの作品については、連載小説的に台本を受け取り、初日の一週間前にやっと全貌《ぜんぼう》を知ったという進行は、大変ではあったけど、結構有効だったのかもしれないと今は思う。それによって退屈な整合性よりも、恩田陸の不思議な虚実半ばの感覚が舞台に漂ったのではないだろうか。

初日の開演前。

俳優座劇場の狭い楽屋の片隅で、じっと座っている恩田さんの姿を覚えている。何か話したけど、明らかに上の空だった。

自分の書いた言葉を何百万という人に送り届けてきた作家が、小さな小屋の三百ちょっとの観客を迎えて青ざめている。

ご自身は小心者だから、なんて仰有《おっしゃ》るが、その深い緊張の理由も我々は後に日記で知った。その日は命を削って生み出した愛《いと》しい子供が、初めて歩み出す日であったのだ。

当たり前だけど、楽に生まれる作品なんてないんだ。この天才作家をしても。

（平成二十二年十二月、劇作家・演出家）

この作品は平成二十年二月新潮社より刊行された。

恩田陸著

小説以外

転校の多い学生時代、バブル期で超多忙だった会社勤めの頃、いつも傍らには本があった。本に愛され本を愛する作家のエッセイ集大成。

恩田陸著

中庭の出来事

山本周五郎賞受賞

瀟洒なホテルの中庭で、気鋭の脚本家が謎の死を遂げた。容疑は三人の女優に掛かるが。芝居とミステリが見事に融合した著者の新境地。

恩田陸著

朝日のようにさわやかに

ある共通イメージが連鎖して、意識の底にある謎めいた記憶を呼び覚ます奇妙な味わいの表題作など14編。多彩な物語を紡ぐ短編集。

井上ひさし著

父と暮せば

愛する者を原爆で失い、一人生き残った負い目で恋に対してかたくなな娘、彼女を励ます父。絶望を乗り越えて再生に向かう魂の物語。

三島由紀夫著

サド侯爵夫人・わが友ヒットラー

獄に繋がれたサド侯爵をかばい続けた妻を突如離婚に駆りたてたものは？　人間の謎を描く「サド侯爵夫人」。三島戯曲の代表作2編。

安部公房著

友達・棒になった男

平凡な男の部屋に闖入した奇妙な9人家族。どす黒い笑いの中から〝他者〟との関係を暴き出す「友達」など、代表的戯曲3編を収める。

新潮文庫最新刊

佐伯泰英著
血に非ず
新・古着屋総兵衛 第一巻

享和二年、九代目総兵衛は死の床にあった。後継問題に難渋する大黒屋を一人の若者が訪ね来た。満を持して放つ新シリーズ第一巻。

佐伯泰英著
死闘
古着屋総兵衛影始末 第一巻

表向きは古着問屋、裏の顔は徳川の危難に立ち向かう影の旗本大黒屋総兵衛。何者かが大黒屋殲滅に動き出した。傑作時代長編第一巻。

佐伯泰英著
異心
古着屋総兵衛影始末 第二巻

江戸入りする赤穂浪士を迎え撃て――。影の命に激しく苦悩する総兵衛。柳生宗秋率いる剣客軍団が大黒屋を狙う。明鏡止水の第二巻。

乃南アサ
園田寿著
犯意

犯罪、その瞬間――少し哀しくて、とてもエキサイティング。心理描写の名手による傑作クライムノベル十二編。詳しい刑法解説付き。

西村京太郎著
宮島・伝説の愛と死

殺人事件の鍵は、世界遺産の地・宮島に――。厳島神社の夜間遊覧船で起きた転落事故が、21年前の過去を呼び覚ます長編ミステリー。

内田幹樹著
拒絶空港

放射能汚染×主脚タイヤ破裂。航空史上最悪の事態が遂に起きてしまった！　パイロットと地上職員、それぞれの闘いがはじまる。

新潮文庫最新刊

「特選小説」編集部編
七つの濡れた囁き
快楽の奴隷と化した男と女は、愛欲のアリジゴクへと堕ちていく——。七編を収録する傑作官能アンソロジー。文庫オリジナル。

髙山正之著
変見自在 サダム・フセインは偉かった
中国、アメリカ、朝日新聞——。巷にはびこるまやかしの「正義」を一刀両断。週刊新潮の大人気超辛口コラム、待望の文庫化。

吉行和子著
老嬢は今日も上機嫌
芸術家一家に育った、女優であり俳人の吉行和子。家族、友人、仕事、旅、本等々を、その豊かな感性で綴る、滋味あふれるエッセイ。

西川治著
世界ぐるっと肉食紀行
NYのステーキ、イタリアのジビエ、モンゴルの捌きたての羊肉……世界各地で様々な肉を食べてきた著者が写真満載で贈るエッセイ。

M・ブース
松本剛史訳
暗闇の蝶
蝶を描く画家——だが、その正体は闇の世界からの罪人。イタリアの小さな町に潜む男に魔手が迫る。悲哀に満ちた美しきミステリ。

J・アーチャー
戸田裕之訳
遥かなる未踏峰（上・下）
いまも多くの謎に包まれた悲劇の登山家マロリーの最期。エヴェレスト登頂は成功したのか？　稀代の英雄の生涯、冒険小説の傑作。

猫《ねこ》と針《はり》

新潮文庫　お－48－10

平成二十三年二月一日発行

著者　恩《おん》田《だ》陸《りく》

発行者　佐藤隆信

発行所　株式会社新潮社

郵便番号　一六二－八七一一
東京都新宿区矢来町七一
電話　編集部(〇三)三二六六－五四四〇
読者係(〇三)三二六六－五一一一
http://www.shinchosha.co.jp

価格はカバーに表示してあります。

乱丁・落丁本は、ご面倒ですが小社読者係宛ご送付ください。送料小社負担にてお取替えいたします。

印刷・二光印刷株式会社　製本・株式会社植木製本所

ISBN978-4-10-123421-2 C0193